孫連れ侍裏稼業
上意

鳥羽　亮

孫連れ侍裏稼業

上意

目次

【主要登場人物】

伊丹茂兵衛　元出羽国亀沢藩士。浅草駒形町、庄右衛門店《しょうえもんだな》に暮らしながら、倅夫婦を斬殺した敵を追っている。五十代。

伊丹松之助　茂兵衛の孫。十歳。

富蔵　口入れ屋「福多屋」の主。裏稼業を営む。

柳村練三郎　元御家人。「福多屋」の裏稼業の刺客。

弥助　「福多屋」の奉公人。裏稼業の連絡役。

亀吉　伊丹家の下働き。

おとき　庄右衛門店の茂兵衛の隣人。

岸崎虎之助　元亀沢藩普請方。茂兵衛の倅夫婦斬殺事件の容疑者。

小柴重次郎　元亀沢藩徒士。茂兵衛の倅夫婦斬殺事件の容疑者。

滝沢彦十郎　滝沢藩目付。

青葉源之丞　滝沢藩下目付。

第一章　出奔

1

陽《ひ》が沈みかけていた。

大川の川面《かわも》が夕陽を映じて茜《あかね》色に染まり、無数の波の起伏を刻みながら両国橋《りょうごくばし》の彼方までつづいている。

風のない静かな日暮れ時である。川面には客を乗せた猪牙舟《ちょきぶね》、荷を積んだ茶船《ちゃぶね》などが、夕陽に染まりながら行き来していた。

そこは、浅草諏訪町《あさくさすわちょう》の大川端《おおかわばた》の道だった。ちらほら人影があった。仕事を終えた職人ふうの男、道具箱を担いだ大工、これから商売に行く夜鷹《よたか》そば……。ときおり、武士や商家の旦那ふうの男も通りかかった。吉原《よしわら》帰りかもしれない。通りの先の駒形堂《こまがたどう》の近くの桟橋から、吉原へ客を送迎する舟が出ていたのだ。

その大川端の道を、ふたりの武士が足早に歩いていた。

「滝沢《たきざわ》さま、伊丹《いたみ》どのの住む長屋は、この先の駒形町です」

青葉《あおば》源之丞《げんのじよう》が、滝沢彦十郎《ひこじゆうろう》に声をかけた。

ふたりは、伊丹茂兵衛《もへえ》の住む庄右衛門《しようえもん》店《だな》という長屋に行くところだった。武士である茂兵衛が長屋に住んでいるのは、禄《ろく》を喰《は》んでいない牢人《ろうにん》だからである。

「孫どのもいっしょだと聞いたが」

滝沢が歩きながら言った。

「名は、松之助《まつのすけ》どのと聞きました」

「まだ、十歳ほどだそうだな」

「はい」

「その若さで、父母の敵《かたき》を討つために江戸に出たのか」

「そのようです」

「われらも、できれば力になってやりたいが……」

滝沢は、語尾を濁した。滝沢には、敵討ちの助太刀《すけだち》をするほどの余裕がなかった。助勢してもらいたいのは、自分たちの方なのだ。

ふたりが、そんな話をしているうちに、前方に駒形堂の近くにある桟橋が見えてきた。その辺りが、駒形町である。

そのとき、青葉がそれとなく後ろを振り返り、

「滝沢さま、後ろのふたり、尾《つ》けてきているような気がするのですが」

と、小声で言った。

「尾けてきているだと」

滝沢が振り返った。

三十間《けん》ほど後方から、ふたりの武士が足早に歩いてくる。ふたりとも小袖《こそで》にたっつけ袴《ばかま》で、網代笠《あじろがさ》をかぶっていた。

「そういえば、街道を歩いているときも、ふたりの姿を見たような気がするな」

滝沢と青葉は、日本橋から奥州《おうしゅう》街道をたどり、諏訪町に入ってから大川端の通りに出たのだ。

「近付いてきます！」

青葉がうわずった声で言った。

背後のふたりの足が速くなり、滝沢たちとの間が狭まってきた。

「狙《ねら》いは、おれたちか」

滝沢と青葉の足も速くなった。背後のふたりが何者か知れなかったが、滝沢はふたりの身辺に殺気があるのを感じとったのだ。

「前からも！」

青葉が声を上げた。

見ると、前方からひとりの武士が足早に近付いてくる。背後のふたりと同じように、網代笠をかぶって顔を隠していた。

「おれたちを襲う気だぞ」

滝沢が、周囲に目をやった。逃げ場を探したのである。

だが、逃げ場はなかった。左手には大川が、右手には仕舞屋《しもたや》や小体《こてい》な店がつづいていた。走り込めるような路地はない。

「青葉、大川を背にしろ」

滝沢が声をかけ、すぐに大川を背にした。

青葉も大川を背にして立った。背後からの攻撃を防ぐためである。

ふたりの左右から、三人の武士が走り寄った。

滝沢の前には、大柄な武士が立ち、青葉の前は中背の武士がまわり込んだ。もうひとりの武士は、滝沢の左手に立ったが、すこし身を引いている。大柄な武士に、まかせるつもりなのかもしれない。

「何者だ!」

滝沢は、刀の柄《つか》に右手を添えたまま誰何《すいか》した。

だが、三人の武士は無言だった。

「亀沢藩《かめざわはん》の者か」

さらに、滝沢が訊《き》いた。

「問答無用!」

言いざま、大柄な武士が抜刀した。

「おのれ!」

滝沢も抜いた。

すると、他のふたりの武士も抜刀した。慌てて青葉も抜いた。

五人の手にした刀が、沈みかけた夕陽を映じ、血に染まったように赤みを帯びてひかっている。

滝沢の前に立った大柄な武士は青眼《せいがん》に構えると、剣尖《けんせん》を滝沢の目線につけた。腰の据わったどっしりとした構えである。

……遣い手だ！

滝沢は察知した。

大柄な武士の剣尖には、そのまま眼前に迫ってくるような威圧感があった。

滝沢は八相《はっそう》にとった。高い構えで、刀身を垂直に立てている。滝沢は全身に気勢を込め、斬撃《ざんげき》の気配を見せて大柄な武士を攻めた。だが、気の昂《たかぶ》りのために腰が定まらず、八相に構えた刀身が震えている。

滝沢は八相に構えたまま後じさった。このままでは、大柄な武士に後れをとるとみたのである。

このとき、青葉も中背の武士と対峙《たいじ》していた。

青葉は青眼。中背の武士は、下段にとっていた。ふたりの間合は、およそ三間。まだ一足一刀《いっそくいっとう》の斬撃の間境《まざかい》の外である。

「いくぞ！」

中背の武士が先《せん》をとった。

摺《す》り足で、青葉との間合をジリジリとつめていく。

青葉は後じさった。中背の武士の剣尖の威圧に押され、対峙していられなかったのである。

滝沢は、青葉と中背の武士の動きを目の隅でとらえ、

……このままでは、青葉も斬られる！

と思ったが、助けに行くことはできなかった。

そのとき、滝沢と対峙していた大柄な武士が、足裏を摺るようにして間合を狭め始めた。

2

「爺《じい》さま！　いま、一手」

松之助が声を上げた。

「さァ、こい！」

伊丹茂兵衛は、竹刀《しない》を青眼に構えた。

松之助も青眼に構えると、摺り足で茂兵衛との間合をつめ始めた。そして、打ち込みの間合に踏み込むと、
メーン！

と声を上げ、茂兵衛の面に打ち込んだ。

すかさず、茂兵衛は竹刀を上げて松之助の竹刀を受け、右手に大きくまわり込んだ。そして、ふたたび青眼に構えて竹刀の先を松之助にむけた。

松之助は茂兵衛の孫だった。まだ、十歳である。顔には、まだ幼さが残っている。その顔が紅潮し、汗がひかっていた。

茂兵衛は松之助の祖父で、すでに五十路を超えていた。初老といっていい歳《とし》である。茂兵衛は首が太く、肩幅がひろかった。どっしりと腰が据わっている。剣術の稽古《けいこ》で鍛え上げた体である。

ふたりは、浅草駒形町にある棟割《むねわ》り長屋の庄右衛門店に住んでいた。松之助の父母が死んだため、祖父である茂兵衛は、孫の松之助とふたりで暮らしていたのだ。

いまふたりがいるのは、長屋の脇にある空き地だった。その空き地は、大川端の

通り沿いにあった。

茂兵衛があらためて竹刀を青眼に構えたとき、

「旦那！　伊丹の旦那」

と、呼ぶ声がした。

茂兵衛が目をやると、通りから空き地に駆け込んでくる長助《ちょうすけ》の姿が見えた。

長助は、庄右衛門店に住む手間賃稼ぎの大工だった。道具箱を担いでいるので、仕事帰りであろう。

長助は茂兵衛のそばに駆け寄り、

「き、斬り合いだ！」

と、声をつまらせて言った。走ってきたらしく、息が上がっている。

「だれが、斬り合っているのだ」

茂兵衛が竹刀を下ろして訊いた。

「だれだか知らねえ。ふたりのお侍が、三人に取り囲まれて斬られそうなんで」

長助が早口でしゃべったことによると、仕事帰りに長屋の近くまで来ると、大川端沿いの道で、武士同士が斬り合っていたという。

「このままじゃァ、ふたりとも殺《や》られちまう。それで、旦那に知らせに来たんでさァ」

長助が言い添えた。

「わしには、かかわりがないぞ」

茂兵衛は、ふたたび竹刀を構えようとした。

「旦那、お侍のひとりが、亀沢藩と口にしやしたぜ」

「なに、亀沢藩だと」

茂兵衛の声が大きくなった。

茂兵衛は、三年ほど前まで亀沢藩の領内に住んでいたのだ。亀沢藩七万石は、出《で》羽国《わのくに》にあった。茂兵衛は亀沢藩士だったが、倅《せがれ》の恭之助《きょうのすけ》に伊丹家を継がせて隠居したのである。

恭之助は、亀沢藩の勘定奉行として七十石を喰んでいた。ところが、恭之助は普《ふ》請方《しんかた》の岸崎虎之助《きしざきとらのすけ》と徒士《かち》の小柴重次郎《こしばしげじろう》のふたりに、己の屋敷内で妻のふさとともに斬殺《ざんさつ》された。

そのとき、茂兵衛は領内にある一刀流《いっとうりゅう》の道場に稽古に行っていて屋敷にいなかったのだ。また、幼い松之助は下働きの亀吉《かめきち》と蟬《せみ》捕りに出かけていて難を逃れた。

その後、岸崎と小柴は出奔して江戸に出たことが分かり、茂兵衛は残された幼い松之助を連れ、敵を討つために江戸へむかった。

茂兵衛と松之助は、敵の岸崎と小柴を探すためもあって、江戸市中にとどまることを決め、庄右衛門店に住むようになったのである。

「亀沢藩と口にしたのだな」

茂兵衛が長助に念を押すように訊いた。

「たしかに亀沢藩と聞きやした」

長助は、茂兵衛たちが出羽国の亀沢藩から江戸に出てきたことを知っていたのだ。

「場所はどこだ」

武士たちの斬り合いは、自分と松之助に何かかかわりがあるのではないか、と茂兵衛は思った。

「こっちでさァ」

長助は担いでいた道具箱を叢《くさむら》に置くと、先にたった。

茂兵衛たち三人は、大川端沿いの道を走った。

「あそこで！」

長助が走りながら前方を指差した。

見ると、五人の男が、斬り合っていた。気合がひびき、淡い夕闇のなか、白刃がひかっている。

その五人からすこし離れたところに、野次馬たちが集まっていた。通りすがりの者が多いらしく、仕事帰りらしい職人や船頭などが目立った。

闘いの場では、武士がひとり、大川の岸際に追い詰められていた。敵刃をあびたらしく、顔が血に染まっている。

「待て！　待てーっ！」

茂兵衛は走りながら声を上げた。松之助がつづき、さらにその後ろから野次馬のなかにいた数人の男がついてきた。

すると、大柄な武士が後じさり、相手の武士との間があくと、振り返って茂兵衛たちを見た。網代笠をかぶっているので、大柄な武士の顔は見えなかったが、逡《しゅん》巡《じゅん》するような素振りを見せた後、

「引け！　邪魔者が入った」

と、声を上げた。

すぐに、網代笠をかぶっていた他のふたりも後じさり、切っ先をむけていた相手との間があくと、抜き身を引っ提げたまま走りだした。

三人の武士は、川下へむかって走っていった。その姿が、淡い夕闇のなかにかすんでいく。

3

茂兵衛は、手傷を負った武士のところへ駆け寄った。

三十がらみと思われる武士だった。額の左側を斬られ、流れ出た血が半顔を真っ赤に染めていた。

武士は顔をしかめていたが、前に立った茂兵衛を見て、

「伊丹どのでは、ござらぬか」

と、目を剝《む》いて訊いた。

「伊丹茂兵衛だが」

茂兵衛が答えた。

すると、武士は、「亀沢藩の青葉源之丞にござる」と名乗り、すぐ近くにいたもうひとりの武士に、

「滝沢さま、伊丹どのでござる」

と、声をかけた。

すぐに、滝沢と呼ばれた武士が、茂兵衛のそばに来て、

「それがし、亀沢藩の滝沢彦十郎にござる。伊丹どのを訪ねてまいったのだが、ここで何者かに襲われて、このようなことに」

と、茂兵衛と、傍らに立っていた松之助に目をやりながら言った。

「わしのところに来たのか」

茂兵衛が驚いたような顔をして訊いた。

「そうです。お頼みしたいことがありまして……」

滝沢は語尾を濁した。近くに野次馬たちがいたからだろう。

「ともかく、長屋に来てくれ。すぐ近くだ」

茂兵衛は、滝沢から話を聞くより、青葉の傷の手当てが先だと思った。

茂兵衛、松之助、長助の三人は、青葉と滝沢を庄右衛門店の茂兵衛の家に連れていった。

茂兵衛は、滝沢たちから話を聞く前に、青葉の傷の手当てをするつもりで、

「長助、長屋をまわってな、新しい晒《さらし》があったら、貰ってきてくれ」

と、頼んだ。青葉の傷口を水で洗い、あたらしい晒で縛っておけば、命にかかわることはない、とみたのだ。

「合点で」

長助は戸口から飛び出していった。

しばらくすると、長助が晒を手にもどってきた。急に戸口が騒がしくなった。

長助といっしょに来た長屋の女房連中が、戸口に集まっているようだ。長助から、話を聞いたらしい。

遠慮のない女房連中も、家のなかまでは入ってこなかった。茂兵衛の家にいるのが武士と聞いたからだろう。

女たちは腰高障子《こしだかしょうじ》の向こうで聞き耳をたて、子供たちは障子の破れ目からなかを

覗《のぞ》いている。

茂兵衛は松之助にも手伝わせ、小桶《こおけ》に汲《く》んできた水で手ぬぐいを濯《すす》いで絞り、青葉の顔の血を拭《ふ》き取った。傷口からはまだ出血していたが、だいぶすくなくなっている。

茂兵衛は晒の一部を切り取り、折り畳んでから傷口に当てた。そして、松之助とふたりで、青葉の額に晒を幾重にもまわして縛った。

「これでいい。しばらくすれば、傷口もふさがるはずだ」

茂兵衛はそう言って、小桶の水で手を洗った。

そのとき、腰高障子があいて、三人の女が顔を出した。長屋に住むおとき、お松《まつ》、おしげの三人である。

おときとお松が、握りめしを載せた大皿を持っていた。おしげの手には丼がある。丼のなかには、薄く切ったたくあんが入っていた。茂兵衛たちのために、持ってきてくれたらしい。

「旦那たち、夕飯は、まだなんでしょう。よかったら、食べてくださいな」

おときがそう言い、三人は手にした皿と丼を上がり框《かまち》に置いた。

おときは、長屋に住む出戻りの大年増《おおどしま》だった。十七、八のころ大工の音吉《おときち》に嫁いだのだが、三年ほど前に、音吉が普請中の家の屋根から落ち、材木に頭を強く打ちつけて亡くなった。

その後、おときは父親の安造《やすぞう》の住む庄右衛門店にもどってきた。母親のおまさは、音吉が亡くなる一年ほど前に流行病《はやりやまい》でこの世を去っていた。いまは、安造とふたりで住んでいる。

おときの家は、茂兵衛たちの住む家の隣りだった。おときは世話好きで、男の年寄りと子供だけで住む茂兵衛たちの暮らしぶりをみて、何かと世話を焼いてくれた。

お松は、長屋に住む指物師の女房だった。おときとは馬が合うらしい。おときから話を聞いて、いっしょに握りめしを作ってくれたのだろう。おしげは、長助の女房である。

「すまんな。まだ、めしを食っておらぬのだ」

茂兵衛は、おときたちに礼を言った。

おときたち三人は土間に立ったまま、座敷にいる茂兵衛たちに目をやっている。

茂兵衛たちが連れてきたふたりの武士が何者なのか、知りたいようだ。

「このふたりは、わしが出羽にいたころの仲間なのだ。たまたま、わしを訪ねてきてな、大川端で、辻斬《つじぎ》りたちに襲われたらしい」

茂兵衛は、適当な作り話を口にした。ただ茂兵衛は、長屋に来る前、出羽国に住んでいたことはおときに話してあったので、出羽から来たことは隠さなかった。

「そうなんですか」

おときは、何かあったら言ってくださいな、と茂兵衛に声をかけ、お松とおしげに目配せして戸口から出ていった。

「あっしも、これで」

そう言い残し、長助も出ていった。

「さて、握りめしを馳走《ちそう》になるか」

茂兵衛は、松之助とふたりで、握りめしを載せた皿とたくあんの入った丼を座敷のなかほどに運んだ。

「握りめしを食いながらでいい。わしを訪ねてきたわけを、聞かせてくれ」

そう言って、茂兵衛が滝沢に目をやった。

滝沢は握りめしには手を伸ばさず、

「殿の上意により、青葉とふたりで江戸にまいったのでござる」

と、静かだが、強いひびきのある声で言った。

亀沢藩主は太田土佐守盛親《おおたとさのかみもりちか》で、いまは国元にいた。その太田の命《めい》で、滝沢と青葉は出府《しゅっぷ》したらしい。

「上意討ちか」

茂兵衛は重い任務だと思った。

「はい」

「国元で何があったのだ」

茂兵衛は、藩内で何があったのか耳にしていなかった。

「国元の先手組物頭《さきてぐみものがしら》の松岡裕一郎《まつおかゆういちろう》さまが、配下の先手組小頭《こがしら》の杉本吉之助《すぎもときちのすけ》と組子《くみこ》の倉森東之介《くらもりとうのすけ》に斬殺《ざんさつ》されたのです。その後、杉本と倉森は国元から逃走し、江戸へ入ったようです」

亀沢藩の先手組は、攻撃隊だった。ふだんは、城門の守衛、見回りなどを行っている。また、江戸と国元の連絡役《つなぎ》も兼ねていた。

亀沢藩の先手組は四組に分けられ、国元に三組、江戸に一組あった。したがって、物頭も国元には三人いることになる。

「なにゆえ、配下の者が物頭を殺したのだ」

茂兵衛が訊いた。

「酒席で酒に酔い、我を失ったらしいという者もいますが、はっきりした理由は分かりません」

「それで、どうした」

茂兵衛が話の先をうながした。

「殺された松岡さまのお子は、まだ幼く、敵討ちというわけにはまいりません。それで、われらに、上意打ちのご沙汰《さた》があったのです」

滝沢は事件のことを探っていた目付《めつけ》で、青葉は配下の下目付《したためつけ》だという。

「実は、それがしは、殺された松岡さまの従兄弟《いとこ》でもあり、大目付の相場《あいば》さまを通して上意討ちの任を願い出たのです」

滝沢が言い添えた。

「わしらと、似ているな」

茂兵衛は、倅夫婦の敵を討つために、孫の松之助と出府したのである。

「江戸におられる物頭の杉野《すぎの》政一郎《せいいちろう》さまに、伊丹どのにお目にかかって相談するといいと言われてまいったのですが……」

滝沢によると、茂兵衛の住む長屋に来る途中、大川端で突然、三人の武士に取り囲まれて襲われたという。

「すると、襲った三人は、杉本と倉森にかかわりのある者か」

茂兵衛が訊いた。

「分かりません。三人とも笠をかぶっていたので、顔を見ることができませんでした」

滝沢が言うと、

「杉本と倉森は、雲仙流《うんぜんりゅう》の遣い手と聞いています。われらを襲った三人は、いずれも遣い手でした」

と、青葉が身を乗り出すようにして言い添えた。

「雲仙流の遣い手だと！」

茂兵衛の声が大きくなった。

国元で恭之助夫婦を斬殺して出府した岸崎と小柴も雲仙流だった。となると、杉本と倉森は、岸崎たちと繋《つな》がりがあるとみていいのではないか。

雲仙流は、亀沢藩の領内にひろまっている流派だった。雲仙平八郎《へいはちろう》という郷士《ごうし》が、上州《じょうしゅう》馬庭《まにわ》の地で馬庭念流《ねんりゅう》を修行した後、廻国修行をつづけ、剣の精妙を会得して亀沢藩にもどり、領内に道場をひらいたのだ。そのため、馬庭念流と通じるところがあり、雲仙念流とも呼ばれていた。

「すると、杉本らは岸崎や小柴と同門ではないか」

茂兵衛が訊いた。

「はい、そのこともあって、杉野さまは、伊丹どのにお目にかかるようにと仰せられたのです」

青葉が言った。

「そういうことか」

茂兵衛は、青葉と滝沢を襲った三人のなかに、岸崎か小柴がいたとみていいのではないかと思った。

4

滝沢と青葉が、愛宕下《あたごした》にある亀沢藩の上屋敷にもどって三日後だった。茂兵衛と松之助が庄右衛門店の近くで剣術の稽古をしていると、亀沢藩士がふたり訪ねてきた。

ふたりは、江戸にいる先手組物頭の杉野の配下の、先手組小頭の安川三郎《やすかわさぶろう》と組子の阿部《あべ》伸助《しんすけ》だった。

「伊丹どの、明日、水谷町《みずたにちょう》にある福屋《ふくや》にお越しいただけませんか」

安川によると、福屋は料理屋で、真福寺橋《しんぷくじばし》近くにあるという。真福寺橋は、三十間堀《さんじっけんぼり》にかかっている橋である。

「どのような用件でござろうか」

茂兵衛は杉野と面識がなかった。

「滝沢たちがかかわっている件にござる」

阿部が、滝沢と青葉、それに年寄の鳴海精左衛門《なるみせいざえもん》も来ることを話した。

茂兵衛は、鳴海を知っていた。松之助を連れて出府したおり、鳴海は茂兵衛たちに江戸での暮らしを助言してくれたり、岸崎と小柴の居所がつかめたら、茂兵衛に知らせてくれることも約束してくれたのだ。

亀沢藩の場合、年寄は江戸家老に次ぐ重職であった。

「承知しました」

茂兵衛は、岸崎と小柴のことも、何か知れるのではないかと思った。

翌朝、茂兵衛は松之助を長屋に残し、ひとり京橋《きょうばし》にむかった。奥州街道を日本橋まで行き、さらに東海道を南にむかうと、前方に京橋が見えてきた。

茂兵衛は京橋を渡り、賑《にぎ》やかな橋のたもとを左手に折れた。そして、京橋川沿いの道を東にむかった。

いっとき歩くと、水谷町に入った。通りかかった者に、福屋はどこにあるか訊くとすぐに知れた。一町ほど先の二階建ての店だという。

「あれだな」

福屋は、老舗《しにせ》らしい落ち着いた感じのする料理屋だった。店先の掛け看板に、福屋と書いてある。

茂兵衛が店先の暖簾《のれん》をくぐると、すぐに女将《おかみ》らしい年増が姿を見せた。

「伊丹茂兵衛ともうすが、亀沢藩の方々は、おいでかな」

茂兵衛がそう訊くと、

「みなさま、二階の座敷でお待ちです」

女将は、すぐに茂兵衛を二階に案内した。

座敷には、六人の武士が座していた。正面に鳴海が座し、その脇に恰幅《かっぷく》のいい四十がらみと思われる武士がいた。先手組物頭の杉野らしい。

右手の席に滝沢と青葉、左手に安川と阿部が座していた。六人の膝先には、湯飲みがあった。茶を飲みながら、茂兵衛の来るのを待っていたようだ。

青葉はまだ傷が癒《い》えていないらしく、顔に白布を当てて縛っていた。ただ、出血はとまったのか、白布に血の色はなかった。

鳴海は初老だった。ほっそりして、首が長かった。鶴を思わせるような体付きである。

茂兵衛は座敷に入ると、すぐに座して、

「遅れまして、申し訳ございません」

と言って、頭を下げた。

「いや、いや、わしらも来たばかりだ」

鳴海が笑みを浮かべ、安川にちいさくうなずいてみせた。

安川はすぐに立ち上がり、座敷から出ていった。店の者に、酒肴《しゅこう》の支度をするよう伝えに行ったようだ。

安川が座敷にもどり、いっときすると、女将と女中が酒肴の膳《ぜん》を運んできた。

「では、いただきますかな」

鳴海がそう言って猪口《ちょこ》を手にした。

座敷に集まった男たちが、喉《のど》を潤した後、

「杉野どのから話してくれぬか」

鳴海が脇に座している杉野に目をやった。

「すでに、滝沢と青葉から話は聞いていると思うが」

と、杉野が前置きし、

「滝沢と青葉を襲った三人のなかに、杉本と倉森がいたのではないかとみている」

そう言い添えた。

さらに杉野は、三人のなかのもうひとりの武士は、茂兵衛たちが敵と狙っている岸崎か小柴ではないかと話した。

「笠で顔を隠していたのは、われらに気付かせないためとみております」

と、滝沢が言った。

「そうかもしれぬな」

茂兵衛も、三人が笠をかぶっていたのは顔を隠すためとみていた。

「出奔した杉本と倉森は、雲仙流の道場で同門だった岸崎と小柴を頼り、身を隠したのではあるまいか」

滝沢が言った。

次に口をひらく者がなく、いっとき座敷は重苦しい静寂につつまれていたが、

「それでな、杉本と倉森を討つためには、共に身をひそめている岸崎と小柴の居所をつきとめねばならない、とみておるのだ」

鳴海が、静かな声で言った。

「いかさま」

茂兵衛がうなずいた。

「伊丹。滝沢たちに手を貸してくれぬか」

「心得ました」

茂兵衛は、倅夫婦を斬った岸崎と小柴を見つけ出して敵を討つためにも、滝沢たちと力を合わせて、杉本や岸崎たちの居所をつかまねばならないと思った。

「これで、話がついたな」

鳴海が相好《そうごう》をくずした。

それから、茂兵衛たちはしばらく酒を酌み交わした。

茂兵衛が銚子《ちょうし》を手にし、鳴海に酒を注《つ》ぎに行ったとき、

「どうだ、松之助は腕を上げたか」

と、鳴海が訊いた。

鳴海は、松之助が父母の敵を討つために、祖父の茂兵衛から剣術を教わっていることを知っていたのだ。

「まだ人を斬れるほどの腕ではありません」

茂兵衛が言った。

「まだ、幼いからな」

「ですが、松之助には両親の敵を討たせてやりとう存じます」

茂兵衛は、そろそろ松之助に真剣を遣わせようかと考えていた。

5

京橋に出かけた翌朝、茂兵衛が松之助と朝めしを食っていると、腰高障子があいて弥助《やすけ》が顔を出した。

弥助は駒形堂の近くにある口入れ屋、福多屋《ふくたや》の奉公人だった。

口入れ屋は、奉公人を雇う側と雇われる側の間にたち、双方から金銭を得る商売である。福多屋は奉公人だけでなく、普請場や桟橋での荷揚げなど、一時的な力仕事の世話もしていた。

茂兵衛は松之助を連れて江戸に出たが、所持金はすぐに底をつき、口を糊《のり》することができなくなった。それで、福多屋に出かけ、仕事を斡旋《あっせん》してもらっていたのだ。

「旦那、いい仕事があるそうですぜ」

弥助が声をひそめて言った。

「富蔵《とみぞう》に言われてきたのか」

茂兵衛が訊いた。富蔵は福多屋のあるじだった。

「へい」

弥助が、茂兵衛を上目遣いに見て言った。

「行ってみるか」

富蔵に言われてきたのなら、ただの仕事ではない、と茂兵衛はみた。

茂兵衛は松之助に、出かけてくる、とだけ言い置き、弥助とふたりで長屋を出た。

松之助は、長屋の脇か、ふだん剣術の稽古をしている空き地に出かけるかして、木刀の素振りでもするだろう。

福多屋は、駒形堂の近くにあった。口入れ屋にしては大きな建物である。表の腰高障子をあけると、正面に帳場があった。

富蔵は帳場でひとり、帳面をめくっていた。何か、調べていたようである。

富蔵は店に入ってきた茂兵衛と弥助に気付き、

「伊丹さま、どうぞ、こちらへ」

と、笑みを浮かべて言った。

富蔵は、還暦にちかい老齢だった。ふっくらした丸顔で、いつも笑っているような顔をしていた。恵比須《えびす》を思わせるような福相の主である。

福多屋は、当初福田屋《ふくだや》という店名だった。ところが、仕事の斡旋を頼みに来た男が「富蔵さんと話していると、店に七福神がいるような気になる」と口にしたのを耳にして、福多屋と店の名を変えたそうだ。

茂兵衛は帳場の隅に腰を下ろし、

「富蔵、いい仕事があるそうだな」

と、声をひそめて訊いた。

「はい、奥でお話ししたいのですが」

富蔵は、仕事の斡旋を帳場でおこなっていたが、茂兵衛たちに特別な仕事を頼むときは、帳場の奥にある小座敷を使っていた。

「奥か」

茂兵衛は腰を上げた。

帳場の奥の小座敷に、茂兵衛と富蔵につづいて弥助も入ってきた。弥助の顔から、にやけた笑いが消えている。

「お茶を淹《い》れましょう」

富蔵はそう言い残し、小座敷から出た。奥にいる女房のおさよに、茶を淹れるよう頼みに行ったらしい。

富蔵は三人家族だった。富蔵と女房のおさよ、それに娘のお春《はる》である。富蔵は、一人娘のお春を目の中に入れても痛くないほど可愛がっていた。

富蔵はすぐにもどってきた。

茂兵衛は、富蔵が座敷に腰を下ろすのを待ってから、

「裏の仕事か」

と、声をひそめて訊いた。

富蔵が、茂兵衛を帳場から奥の小座敷に呼ぶときは、裏の仕事と呼んでいる特別な仕事の依頼が多かった。商家の用心棒、揉《も》め事《ごと》の始末、殺しなどである。

富蔵は、奉公人の斡旋などの口入れ屋本来の仕事の他に、裏の仕事も引き受けていたのだ。なかでも、武士である茂兵衛へ頼む仕事は、殺しが多かった。

ただし、茂兵衛は相手が武士のときだけ、引き受けていた。金のためもあるが、

武士相手の殺しを引き受けることによって、敵の岸崎と小柴に出会えるのではないかとの思いがあったのだ。

「相手は押し込みです」

富蔵が言った。

「押し込みだと。それは、町方の仕事ではないか」

茂兵衛は、盗人を相手にする気などなかった。

「日本橋本石町《ほんごくちょう》の両替屋に押し入った賊の噂《うわさ》を耳にしていますか」

富蔵が茂兵衛に目をやって訊くと、

「聞いてやすぜ。襲われた両替屋の松波屋《まつなみや》は、奉公人がひとり殺られ、千五百両もの大金が奪われたそうで」

弥助が、身を乗り出すようにして言った。

両替屋は本両替と脇両替とがあった。両替屋は、金、銀、銭を交換して切賃《きりちん》（手数料）を取る商売だが、本両替は金銀の交換をおこない、脇両替は金銀貨を銭と交換する。本両替は資本力があり、手形の振替、貸付、為替《かわせ》などもおこない、現在の銀行のような仕事をしている。

松波屋は、本両替だった。

「頼まれたのは、米沢町《よねざわちょう》にある両替屋の三島屋《みしまや》さんでしてね。あるじの勝兵衛《かつべえ》さんがみえて、三、四人、腕のたつ方に店に泊まってもらえないか、との依頼があったのです」

三島屋も本両替である。

「三島屋で、何かあったのか」

同じ両替屋が賊に押し入られたといっても、すぐに福多屋に店の警備を頼みに来ることはないだろう、と茂兵衛は思ったのだ。

「それが、勝兵衛さんによると、うろんな武士が、店に来た客をつかまえて奉公人のことなどを訊いたらしいです。それで、勝兵衛さんは怖くなって……」

「ところで、松波屋に押し入った賊は、何人だ」

茂兵衛が訊いた。

「五人だそうです。そのうち、武士が三人。いずれも、牢人のようには見えなかったそうです」

富蔵がそう言ったとき、小座敷の障子があいて、おさよが湯飲みを載せた盆を手に入ってきた。

「茶がはいりましたよ」

おさよは、そう言うと、三人の男の膝先に湯飲みを置いた。そして、「何かあったら、声をかけてくださいね」と富蔵に声をかけ、すぐに小座敷から出ていった。男たちが、他人に聞かせたくない話をしていると思ったようだ。

おさよが座敷から出ると、

「柳村《やなぎむら》にも、話したのか」

茂兵衛が訊いた。

福多屋には、茂兵衛と同じように殺しを引き受ける牢人がいた。牢人の名は、柳村練三郎《れんざぶろう》。柳村の場合、武士だけでなく、町人の殺しも引き受けていた。ただ、相手がならず者や渡世人のような男のときだけである。

柳村は、柳生新陰流《やぎゆうしんかげりゆう》の達人だった。御家人の冷や飯食いに生まれ、何とか剣で身を立てようと、尾張《おわり》まで出かけて柳生新陰流を修行したそうだ。

柳村は柳生新陰流の遣い手になったが、尾張から江戸に帰っても仕官の道はなく、今は家を出て牢人暮らしをしていた。そして、口を糊するために福多屋に出入りし、殺しのような危ない仕事を引き受けていたのである。

「これから、柳村さまにも話すつもりです」

富蔵が言った、

「それで、依頼金は」

茂兵衛が訊いた。

「一晩、十両。引き受けていただければ、とりあえず、五日分の五十両をいただくつもりでおります。それに、朝晩のめしも出していただけるとのことです」

「悪くない仕事だな」

茂兵衛は、懐《ふところ》が寂しくなっていたこともあり、引き受けようと思った。

そのとき、弥助が、

「あっしも、手伝いやすぜ」

と、声高に言った。

弥助は、茂兵衛たちが裏の仕事を引き受けると、連絡役、見張り、敵の尾行などを引き受けていた。当然、弥助にも富蔵から相応の金が渡される。

「弥助にも、頼みますかね」

富蔵が笑みを浮かべ、恵比須のような顔をして言った。

6

「松之助、今日はこれを遣ってみろ」

茂兵衛が大刀を手にして言った。

茂兵衛は、松之助に真剣を遣わせようと思い、長屋の長持ちにしまってあった古い大刀を持ち出したのだ。

「刀を遣って、稽古をするのですか」

松之助が、驚いたような顔をして訊いた。これまで、松之助は稽古のおりに、竹刀と木刀しか使わなかったのだ。

「そうだ。敵を討つためには、真剣で相手を斬らねばならぬからな」

「…………！」

松之助がうなずいた。顔がひきしまり、目がひかっている。

「まず、素振りからだ」

「はい！」

茂兵衛は刀を鞘《さや》ごと松之助に渡し、腰に差させた。

松之助は十歳にしては大柄だったが、それでも二尺四寸（約七十二センチ）の大刀は長かった。腰に差した鞘が妙に長く見える。

「抜いてみろ」

茂兵衛の指示で、松之助は右手で柄を握り、腰を引いてゆっくりと抜いた。

何とか、抜くことができた。

「青眼に構えろ」

「はい」

すぐに、松之助は刀を青眼に構えた。

「なかなかの構えだ」

松之助は、ここ何年か竹刀や木刀で様々な構えをとり、素振りをしたり、打ち込んだりしてきたので、真剣でも構えは様になっていた。

「まず、素振りだ。ゆっくりと振ってみろ」

茂兵衛が言った。

松之助は、真剣をゆっくりと振りかぶり、振り下ろした。手の内を絞って、切っ先を腰の辺りでとめることもできている。

「よし、いいぞ。……気合も忘れるな」

「はい！」

松之助は一振り、一振り、気合を発しながら素振りをつづけた。

小半刻《こはんとき》（三十分）ほどすると、松之助の息が荒くなり、顔に汗がつたい落ちるようになった。真剣を遣った素振りは気を集中させるので、竹刀や木刀とちがって疲れるようだ。

茂兵衛は松之助の素振りが乱れてきたのを見て、

「これまでだ。刀を納めろ」

と、松之助に声をかけた。

すぐに、松之助は納刀した。目がかがやいている。真剣を遣う稽古で、これまでとはちがう充実感を覚えたようだ。

「松之助、真剣を遣っての斬り込みは、もうすこし稽古を積んでからだな」

茂兵衛は、そのうち巻藁《まきわら》や青竹などを斬らせてみようと思った。

茂兵衛と松之助が、竹刀に持ち替えて打ち込み稽古を始めたとき、ふたりの男が、通りから空き地に入ってきた。

柳村と弥助である。ふたりは、茂兵衛のそばまで来て足をとめると、

「稽古か」

と、柳村が訊いた。

柳村は三十がらみ、総髪で、面長だった。目鼻立ちの整った端整な顔立ちをしていたが、顔には物憂げな表情があった。

柳村は福多屋の近くの借家に、おしのという年増とふたりで住んでいた。まだ、子供はいない。

「富蔵から話を聞いたか」

茂兵衛が竹刀を下ろして訊いた。

「聞いている」

柳村が、ぼそりと答えた。

「受けたのか」

「受けた」

「ならば、ふたりから話を聞こうか」

茂兵衛は松之助に、

「しばらく、竹刀で打ち込みをつづけてから、長屋へ帰れ」

と指示し、柳村と弥助を連れて空き地から通りに出た。

三人がむかったのは、駒形堂の近くにある小料理屋、笹菊《ささぎく》だった。茂兵衛たちは闇の仕事を引き受けたとき、笹菊の小座敷で相談することが多かった。

笹菊の小座敷は小上がりの奥にあり、大声さえ出さなければ、話が他の客に洩《も》れることはなかった。

茂兵衛たちが笹菊の暖簾をくぐると、奥の板場から女将のおとみが姿を見せ、

「あら、いらっしゃい」

と、声をかけた。おとみは、大年増だった。父親の浅吉《あさきち》とふたりで、笹菊を切り盛りしている。

おとみは若いころ職人といっしょになったらしいが、いまは独り身である。亭主は亡くなったのか、離縁したのか。茂兵衛たちは知らなかったが、訊きもしなかった。

「座敷を頼む」

茂兵衛が言った。

「どうぞ、あいてますから」

おとみは、茂兵衛たち三人を小座敷に案内した。

茂兵衛はおとみに酒と肴《さかな》を頼み、柳村と弥助が腰を下ろすのを待ってから、

「その後、三島屋の勝兵衛は店に来たのか」

と、訊いた。

すでに、茂兵衛が富蔵から話を聞いて二日経《た》っていたのだ。

「昨日、来やした」

弥助が言った。

「それで」

茂兵衛が話の先をうながした。

「旦那は、勝兵衛さんの依頼を受けやしてね。とりあえず、五日分の金をもらったようでさァ。……旦那は、今日から三島屋に行ってほしいと言ってやした」

「今日からか」

富蔵と勝兵衛との間で、話が進んでいたようだ。

「それで、柳村の旦那と長屋に行ってみたんでさァ」

弥助は、庄右衛門店に行ったが、茂兵衛たちがいなかったのでここに来たと話した。

「おい、のんびりと酒など飲んでいる暇はないではないか」

茂兵衛が言うと、

「なに、賊が踏み込んでくるにしても、夜が更けてからだ。慌てることはない。それに、今日《きょう》、明日《あす》ということはないだろう」

柳村が抑揚のない声で言った。

三人でそんなやり取りをしているところへ、おとみと浅吉が酒と肴を運んできた。

それから三人は、一刻（二時間）ほど飲んでから笹菊を出た。

まだ、陽は頭上にあった。八ツ（午後二時）ごろではあるまいか。三人は、笹菊を出た足で、福多屋にむかった。

7

「どうぞ、奥へ」

富蔵が、福多屋に顔を見せた茂兵衛、柳村、弥助の三人を帳場の奥の小座敷に誘《いざな》った。

茂兵衛たちが座敷に腰を落ち着けると、

「三島屋さんに、今日からお願いしたいのですがね」

と、富蔵が切り出した。

「承知している」

茂兵衛が言うと、柳村もうなずいた。

「とりあえず、五日分いただきましたので」

そう言って、富蔵は袱紗《ふくさ》包《づつ》みを取り出した。

「一晩十両ですので、五十両ということになります」

富蔵は手にした袱紗包みを膝先に置いてひらいた。切餅《きりもち》がふたつ包んであった。

切餅は、一分銀《いちぶぎん》を百枚、紙に方形につつんだものである。一分銀四枚で一両なので、切餅ひとつで二十五両である。

「どうでしょう。伊丹さまと柳村さまに、十五両ずつ。てまえと弥助は、十両ずつということで。……五日間、何事もなく過ぎれば、あらためて、勝兵衛さんからお話があるはずです」

富蔵が三人に目をやりながら言った。

「それでいい」

茂兵衛が言った。

「おれもいい」

と、柳村。

「あっしも、十両いただけるんですかい。ありがたいことで」

弥助は、そう言って相好をくずした。

「では、お分けします」

富蔵は切餅の紙を破り、茂兵衛、柳村、弥助の膝先に、それぞれの金額の一分銀を置いた。

富蔵は、茂兵衛たち三人が財布や巾着《きんちゃく》に己の取り分の一分銀をしまうのを見てから、自分も財布を出し、十両分の一分銀をしまった。

「では、今日からお願いしますよ」

富蔵は、暮れ六ツ（午後六時）前には三島屋に行ってもらいたいと言った。そうでないと、戸締まりした後になり、店に入れなくなるという。

「それに、夕餉《ゆうげ》は、用意してあるはずですよ」

と、富蔵は言い添えた。


茂兵衛は福多屋を出ると、いったん庄右衛門店にもどった。そして、今日から、仕事で夜はいなくなることを松之助に話し、

「おときに、夕めしと朝めしは頼んでおくので、ひとりで食え」

と、言い添えた。

松之助は不安そうな顔をしたが、何も言わずにうなずいた。松之助は、こうしたことに慣れていたが、やはり独りで夜を過ごすのは寂しいらしい。

「昼間はいままでどおり、長屋にいる」

茂兵衛が言った。

「爺さま、剣術の稽古は」

松之助が真剣なまなざしで茂兵衛を見た。

「いままでどおり、つづける」

「真剣を遣って、ですか」

松之助が身を乗り出して訊いた。

「そうだ」

「爺さまが帰られるのを待っています」

松之助が声高に言った。

「松之助、寝る前に心張り棒だけは、支《か》っておけ」

そう言い置いて、茂兵衛は立ち上がった。

茂兵衛は家から出ると、おときの家に立ち寄り、松之助の朝めしと夕めしを頼み、一分銀を二枚渡した。

「旦那も、大変ですねえ。夜通し仕事をやるなんて」

おときが、一分銀を握りしめて言った。

茂兵衛は、福多屋の裏の仕事のことは、おときにも話していなかった。ただ、夜通しの仕事だと言って、おときに相応の金を渡し、松之助の面倒をみてもらうことがあったのだ。

おときは子がいないせいもあって、松之助を弟のように思うところがあり、喜んで世話をしてくれた。


茂兵衛、柳村、弥助の三人は、暮れ六ツ（午後六時）前に、三島屋に入った。あるじの勝兵衛は、すぐに帳場の奥の座敷に案内した。そこは、上客との商談のおりに使われる座敷らしく、莨盆《たばこぼん》や座布団などが用意してあった。

勝兵衛は茂兵衛たちが腰を下ろすのを待ってから、

「すぐに、夕餉の支度をさせますから」

と言って、いったん座敷から出ていった。奉公人に、夕餉の膳を運ぶよう話したのだろう。

勝兵衛が座敷にもどると、

「何か、変わったことはなかったか」

と、茂兵衛が訊いた。

勝兵衛は、五十がらみの痩せた男だった。面長で、糸のような細い目をしている。その顔がこわばっていた。

「はい、三日前の店仕舞いのおりに、丁稚《でっち》が大戸をしめているとき、うろんな武士を見かけたようです」

勝兵衛が丁稚から聞いた話によると、斜向《はすむ》かいの店の脇にある天水桶《てんすいおけ》の陰から大柄な武士がひとり、三島屋の店先に目をむけていたという。

「この店の戸締まりの様子を見ていたのか」

茂兵衛が訊いた。

「そのようです」

「丁稚は、その武士を見ているのだな」

「見ています」

「呼んでくれないか」

茂兵衛は、どんな武士か知りたかった。松波屋に押し入った賊のなかに武士が三人いたことが気になっていたのだ。

「すぐに、呼んできます」

勝兵衛は店にもどり、丁稚をひとり連れてもどってきた。十三、四と思われる浅黒い顔をした男である。

「丁稚の惣吉《そうきち》でございます」

勝兵衛が言った。

つづいて、惣吉が自ら名乗ったが、顔をこわばらせて視線を膝先に落としてしまった。体が小刻みに顫《ふる》えている。

「三日前、天水桶の陰にいた武士は、ひとりか」

茂兵衛が訊いた。

「ひ、ひとりです」

惣吉が声をつまらせて言った。

「身装《みなり》は」

「羽織袴姿で、二本差しでした」

「うむ……」

牢人体《てい》ではない。御家人か、江戸勤番の藩士といった身装である。茂兵衛は、松波屋に押し入ったのも牢人体ではないと聞いていたので、盗賊のひとりかもしれないと思った。

「その武士は、天水桶の陰からこの店を見ていたのか」

さらに、茂兵衛が訊いた。

「てまえが大戸をしめ終わるまで、ずっと見ていました」

「そうか」

茂兵衛は、惣吉にもどっていいと言った。それ以上、惣吉から訊くことはなかったのである。

惣吉が座敷から出ていくと、

「しばらく、この店で寝泊まりさせてもらう。そう長い間ではないだろう。町方も動いているはずだからな」

茂兵衛が勝兵衛に目をやって言った。

「そうしていただけると、安心です」

勝兵衛は、ほっとした顔をし、「すぐに、夕餉をお持ちいたします」と言い残し、そそくさと座敷から出ていった。

すると、これまで黙って話を聞いていた柳村が、

「夜盗は、この店を狙っているようだな」

と、低い声で言った。

薄暗くなった座敷で、柳村の双眸《そうぼう》が夜禽《やきん》のようにひかっている。

第二章　敵影

1

茂兵衛は空き地のなかほどに青竹を一本立てると、

「わしが、この竹を斬ってみる。よく見ておれ」

と言って、青竹の前に立った。

松之助は真剣な顔をしてうなずいた。

茂兵衛は腰に帯びた大刀を抜くと、八相に構え、タアッ！　と鋭い気合を発し、踏み込みざま袈裟《けさ》に斬り下ろした。

パサッ、と軽い音がし、青竹は見事に斜めに斬れた。斬り口は細い楕円形になり、ささくれなどはまったく生じていない。

茂兵衛は、もう一本青竹を立て、

「松之助、鍔《つば》で斬るつもりで深く踏み込んでな、刀を手前に引くように斬れ」

と、声をかけた。

「はい！」

松之助は、新しく立てた青竹の前に立った。そして、気を静めるように、ひとつ大きく息を吐いてから抜刀した。

松之助は八相に構えると、エイッ！　と気合を発し、袈裟に斬り下ろした。

カッ、と乾いた音がし、青竹は斜めに斬れて上の半分が落ちた。ただ、斬り口がすこし乱れてささくれができている。

「なかなかいい。それなら、刃こぼれもあるまい」

茂兵衛はそう褒め、新たに青竹を立てようとしたとき、空き地に近付いてくる足音が聞こえた。

見ると、武士がふたり、足早に歩いてくる。亀沢藩士の滝沢彦十郎と青葉源之丞だった。

青葉の額の傷は癒えたらしく、晒がとれていた。赤みを帯びた傷痕が、額に残っているだけである。

ふたりは、茂兵衛のそばに来ると、

「剣術の稽古ですか」

と、滝沢が松之助に目をやりながら訊いた。

「いつ、岸崎たちと闘うことになるか分からないからな」

茂兵衛が、青竹を手にしたまま言った。

「われらにも、指南をしていただきたいものです」

青葉が言った。

「それより、何かあったのか」

滝沢と青葉が長屋に足を運んできたのは、何か知らせることがあったからだろう、と茂兵衛はみた。

「杉本と倉森を、見かけた者がいるのです」

滝沢が表情を引き締めて言った。

「だれが、見かけたのだ」

「川澄市之助《かわすみいちのすけ》という藩士です」

滝沢によると、川澄は国元にいるとき、先手組だったので、杉本と倉森のことを知っていたそうだ。

「どこで、見かけた」

「日本橋本石町だそうです」

滝沢が川澄から聞いた話によると、杉本と倉森が、日本橋本石町四丁目の表通りを両国広小路の方へ歩いていくのを見たという。

「日本町本石町だと」

茂兵衛は、盗賊が押し入った両替屋の松波屋が、本石町三丁目にあったことを思い出した。

「そうです」

「杉本たちは、両国広小路の方へむかっていたと言ったな」

茂兵衛が念を押すように訊いた。

三島屋のある米沢町は、杉本と倉森がむかった先にある。それだけのことで、決め付けることはできないが、茂兵衛の頭に、杉本と倉森は盗賊とかかわりがあるのではないか、との思いが強くなった。

「そう聞きました。……それに、川澄どのが杉本たちを見かけたのは、二度目だそうです」

滝沢が言った。

「他の場所でも、杉本たちを目にしたのか」

「室町《むろまち》一丁目の日本橋のたもと近くだそうです」

「川澄という藩士は、日本橋界隈《かいわい》で杉本たちを二度も見かけているようだが、愛宕下の藩邸で暮らしているのではないのか」

茂兵衛が訊いた。

「川澄どのの住処《すみか》は、堀留町《ほりどめちょう》一丁目にある町宿《ちょうしゅく》です。堀留町は本石町や室町とも近いので、杉本たちの姿を見かけたようです」

町宿は、藩邸に入りきれなくなった藩士が、市井の借家などに住むことである。

「川澄どのに会って、話が聞けないかな」

茂兵衛は、川澄に会って直接話を聞いてみようと思った。杉本と倉森だけでなく、岸崎と小柴も目にしているかもしれない。

「これから、行きますか」

滝沢が訊いた。

「行こう」

茂兵衛は松之助に、青竹斬りはこれまでにし、しばらく真剣で素振りをしてから長屋に帰るよう話した。

茂兵衛たち三人は奥州街道に出て南に歩き、浅草橋を渡った。そして、両国広小路を横切り、さらに奥州街道を西にむかった。

茂兵衛たちが、大伝馬町《おおでんまちよう》まで来ると、

「こちらです」

と、滝沢が言って、左手の通りに入った。

町家のつづく通りをいっとき歩くと、前方に入堀《いりぼり》が見えてきた。この辺りが、堀留町である。

滝沢が路傍に足をとめ、

「そこにある家が、川澄どのの住む町宿です」

と言って、路地沿いにあった仕舞屋を指差した。

借家らしい家が、三軒つづいていた。どの家にも住人がいるらしく、物音や話し声が聞こえてきた。

「手前の家です」

滝沢が先にたって、手前の家の戸口に近付いた。

家の入口は、板戸になっていた。その板戸の向こうから、足音が聞こえた。床板を踏むような音である。

滝沢が板戸をたたき、

「川澄どの、おられるか」

と、声をかけた。

すると、家のなかから聞こえてきた足音がとまり、

「川澄だが、どなたかな」

という声がした。

「滝沢彦十郎にござる。伊丹茂兵衛どのをお連れした」

「入ってください」

すぐに、家のなかから川澄が応《こた》えた。

2

滝沢が板戸をあけると、土間の先の座敷に男がひとり立っていた。川澄のようだ。小袖に角帯《かくおび》姿だった。家でくつろいでいたらしい。川澄は、四十がらみであろうか。瘦身長軀《そうしんちょうく》だった。

川澄は戸口から入ってきた茂兵衛を見て、

「伊丹どのでござるか」

と、訊いた。

滝沢から茂兵衛のことを聞いていたのだろう。

「伊丹茂兵衛でござる」

「それがし、川澄市之助です。……むさくるしい家ですが、入ってください」

そう言って、川澄は茂兵衛たち三人を座敷に上げた。

「下働きの者が出かけたので、茶も出せませんが」

川澄によると、下働きの男は使いに出ているという。

「茶は結構にござる」

茂兵衛は座敷に腰を下ろした。

四人は車座になると、まず、滝沢が、

「杉本と倉森のことで訊きたいのだが、ふたりを日本橋本石町で見かけたとか」

と、切り出した。

「見かけました。ふたりは、両国広小路の方へむかっていたようです。ひどく、急いでいたようでしたが」

川澄が言った。

「ふたりだけだったのでござるか」

茂兵衛が、念を押すように訊いた。岸崎か小柴が、いっしょにいたかもしれない、と茂兵衛は思ったのだ。

「ふたりだけでしたが……」

川澄は語尾を濁した。本石町辺りは人通りが多いので、はっきりしないのかもしれない。

「身装《みなり》は」

さらに、茂兵衛が訊いた。

「ふたりとも、網代笠をかぶっていました」

川澄によると、ふたりは小袖にたっつけ袴姿で二刀を帯びていたという。

「われらを襲ったときと、同じ格好だ」

青葉の声が、大きくなった。

「室町一丁目でも、ふたりの姿を見かけたそうだが」

茂兵衛が訊いた。

「見ました」

「やはり、ふたりだけだったのかな」

茂兵衛が念を押した。

「通りが賑わっていて、よく見えなかったので、ふたりかどうか……」

川澄が首をひねった。

室町一丁目は、日本橋が近いこともあって、いつも大勢のひとが行き交っている。

杉本と倉森のふたりだけだったのか、はっきりしないのも無理はない。

「ところで、他の場所でも杉本たちを見かけたことがあるかな」

茂兵衛が訊いた。

「ありますが、横顔をちらっと見ただけです」

「どこで見られた」

「米沢町です」

「なに、米沢町だと！」

茂兵衛の声が大きくなった。三島屋のことが、頭をよぎったのだ。

滝沢たち三人は、驚いたような顔をして茂兵衛を見た。

「米沢町の、どの辺りでござるか」

すぐに、茂兵衛が訊いた。

「杉本と倉森は、両国広小路から米沢町の表通りに入ったのです。そのとき、ふたりの横顔を見かけたのですが、すぐに見えなくなってしまって」

「うむ……」

杉本たちが入ったのは、三島屋のある通りらしい、と茂兵衛はみた。

三島屋を狙っているのは、杉本たちではあるまいか。賊に押し入られた松波屋のある本石町で杉本たちの姿を見かけたことにくわえ、三島屋のある米沢町でも見かけたというのだ。それだけで、決め付けることはできないが、偶然にしては出来すぎている。

「そのとき、いっしょにいたのは、杉本と倉森だけであろうか」

さらに、茂兵衛が訊いた。

茂兵衛は、松波屋に押し入った賊は五人で、そのなかに武士が三人いたと聞いていた。杉本と倉森の他に、岸崎か小柴がくわわっていた可能性がある。

「ふたりの近くに、網代笠をかぶった武士がいましたが、杉本たちとかかわりがあったかどうか……」

分かりません、と川澄が言い添えた。

「杉本と倉森は、米沢町の通りを日本橋の方へむかったのでござるな」

茂兵衛が、念を押すように訊いた。

「そうです」

川澄によると、杉本たちの姿はすぐに見えなくなったので、その後のことは分からないという。

茂兵衛たち四人が口をつぐむと、座敷は静寂につつまれたが、

「いずれにしろ、杉本と倉森の住処は、堀留町界隈にあるような気がします」

滝沢によると、日本橋本石町や室町は江戸でも有数の賑やかな地で、道沿いには大店《おおだな》が並び、杉本たちが住むような借家などありそうもないという。

「それがしの住むこの家も借家ですが、堀留町や大伝馬町界隈まで来れば、長屋や借家などもあります」

川澄が言い添えた。

「そうかもしれん」

茂兵衛はまだ江戸の町に詳しくないが、杉本たちが、日本橋本石町や室町など繁華な町に借家をみつけて身をひそめているとは思えなかった。

「ともかく、堀留町界隈を川澄どのといっしょに探ってみます」

滝沢が言うと、川澄がうなずいた。

3

茂兵衛は庄右衛門店を出ると、柳村の住む借家に立ち寄り、ふたりで米沢町の三島屋にむかった。

陽は西の空にまわっていたが、暮れ六ツ（午後六時）までには、まだ間がありそうだ。茂兵衛たちは、暮れ六ツ前に三島屋に入るつもりだった。

「まだ、はっきりしたことは言えないが、松波屋に押し入った賊のなかに、亀沢藩の者がいたかもしれん」

茂兵衛が歩きながら言った。

「どうして分かったのだ」

柳村が驚いたような顔をした。

「国元で上役を斬って出奔したふたりの藩士が、三島屋付近にいたのを見かけた者がいるのだ」

「しかし、付近にいただけで、松波屋に押し入った盗賊のなかにいたと決め付けられるのか」

柳村が、茂兵衛に顔をむけて訊いた。

「それが、三島屋付近にいただけではないのだ。先に襲われた松波屋のある日本橋本石町でも、ふたりの藩士を見かけた者がいる」

「それで、賊のなかに亀沢藩士がいては都合が悪いのか」

柳村が訊いた。

「ふたりの藩士は国元で上役を斬って脱藩した者だが、藩の恥にならないよう町方に捕らえられる前に始末したい」

「三島屋に踏み込んできたら、斬ってもいいということだな」

「まァ、そうだ」

そんなやり取りをして歩いているうちに、ふたりは米沢町の通りに入った。

まだ上空は明るかったが、陽は家並の向こうに沈んでいた。そろそろ石町《こくちょう》の暮れ六ツ（午後六時）の鐘が鳴るのではあるまいか。

茂兵衛と柳村は三島屋の近くまで来ると歩調をゆるめ、通り沿いに並ぶ店の脇や天水桶の陰などに目をやり、三島屋を見張っている者がいないか探りながら歩いた。

「いないようだ」

柳村が言った。

「店を探る必要がなくなったのかもしれんぞ」

「今夜あたり、踏み込んでくるかな」

「今夜は、どうかな」

茂兵衛は、何とも言えなかった。盗賊一味が三島屋を狙っているかどうかも、はっきりしないのだ。

茂兵衛と柳村が三島屋に入って間もなく、石町の暮れ六ツの鐘が鳴った。

三島屋から半町ほど離れた通り沿いに下駄屋《げたや》があった。その下駄屋の脇から、表戸をしめ始めた三島屋の店先に目をやるふたりの武士がいた。

「あのふたり、店に入ったままだぞ」

大柄な武士が言った。この男は、杉本吉之助である。茂兵衛と柳村が三島屋に入ったのを見ていたのである。

「年寄りの方は、国元から江戸に出ている伊丹茂兵衛のようです」

そう言った中背の武士は、倉森東之介だった。

「そうらしいな」

杉本の顔が、けわしくなった、
ふたりは、いっとき黙ったまま三島屋の店先を見つめていたが、

「伊丹は、腕がたつぞ」

と、杉本が低い声で言った。淡い夕闇のなかで双眸が猛禽のようにひかっている。

「岸崎どのたちに知らせておきますか」

「そうだな。……ところで、伊丹といっしょにいた男は、藩の者か」

杉本が訊いた。

「ちがうようです。牢人のような感じがしますが」

「亀沢藩の者ではないな」

杉本が念を押すように訊いた。

「牢人とみていいようです」

「そうか」

「あのふたり、三島屋に入ったまま出てきませんが」

すでに、三島屋の大戸はしめられていた。

「店に入ったきりということは、三島屋に泊まるのか」

杉本が言った。

「三島屋が、用心棒に雇ったのかもしれません」

「おれたちに、備えてか」

「分かりませんが、三島屋は松波屋と同じ両替屋なので用心したのでしょう」

「だが、相手はふたりだ」

杉本はそう言った後、

「伊丹だけ、先に討ってもいいな。やつは駒形町の長屋に住んでいるらしいから、そこを襲えばいい」

「長屋に踏み込みますか」

倉森が意気込んで言った。

「森島《もりしま》どのたちに、相談してからだな」

そう言うと、杉本は下駄屋の脇から通りに出た。

倉森は杉本につづいて通りに出ると、杉本に従うように後についた。

通り沿いの店は表戸をしめ、ひっそりとしていた。行き交うひとも途絶え、淡い夕闇が町筋をつつんでいる。


その夜、茂兵衛と柳村は、三島屋に泊まった。何事も起こらなかったので、茂兵衛たちは帳場の奥の座敷で酒を馳走になり、朝まで眠っただけだった。

翌朝、三島屋で出してくれた朝餉を馳走になったが、さすがに茂兵衛たちも決まりが悪かった。金をもらった上に、酒食を馳走になっただけで何もしていないのだ。

「勝兵衛、すまんな。わしらは、厄介になっているだけだ」

茂兵衛が照れたような顔をして言った。

「いえいえ、おふたりが店にいてくださるからこそ、盗賊は踏み込んでこないのでしょう。それに、店の者はおふたりがいてくださるお蔭《かげ》で安心していられます」

勝兵衛が、笑みを浮かべて言った。

茂兵衛たちは明日も店に来ることになり、勝兵衛に見送られて店を出た。すでに、五ツ（午前八時）を過ぎていた。米沢町の表通りは朝陽に照らされていた。多くのひとが行き交っている。

4

茂兵衛は駒形町に入って間もなく柳村と別れ、ひとり庄右衛門店の路地木戸をくぐった。

松之助は家にいた。ひとりで、都路《みやこじ》（東海道の宿駅名）や、国尽《くにづくし》（五畿内《ごきない》）などが書かれた書を見ていた。茂兵衛が、江戸に来てから手習所《てならいどころ》（寺子屋）で手に入れたものである。茂兵衛は松之助を読み書きのできる子に育てようと思い、手習所で使われている書を与えていたのだ。

「爺さま、今朝、おときさんが何度も来ました」

松之助が、昂《たかぶ》った声で言った。

「朝めしを持ってきてくれたのではないのか」

「その後です。爺さまに、知らせることがあると言ってました」

「何かな。おときに、訊いてみるか」

そう言って、茂兵衛が戸口から出ようとすると、近付いてくる下駄の音がした。おときらしい。

下駄の音は戸口でとまり、

「伊丹の旦那、いますか」

と、おときの声がした。

「いるぞ」

茂兵衛が声をかけると、すぐに腰高障子があいた。

おときは土間に入ってくると、食い入るように茂兵衛を見て、

「よかった。何もなくて」

と、ほっとした顔をした。

「どうしたのだ」

茂兵衛が訊いた。

「それがね、今朝、お侍がふたり、路地木戸のところでおはつさんを掴まえて、旦那は長屋にいるか、訊いたらしいんですよ」

おときが、声高に言った。

おはつは、長屋に住む日傭取《ひようとり》の女房である。

「それで、どうした」

茂兵衛の胸を、杉本たちのことがよぎった。

「おはつさん、旦那は長屋にいないと話したらしいんです。それだけなら、気にすることはないんですけどね。そのふたり、路地木戸から長屋に入ってきたんですよ。

ちょうど、あたしとお松さんが、井戸端のところにいてね。……あたしらに、旦那はいつ帰ってくるんだと、訊いたんです」

「それで」

「あたし、ふたりの訊き方があまりに高飛車なんで、知らないって言ってやったんです」

おときの口吻《こうふん》に、怒ったようなひびきがくわわった。

「そしたら、脇にいたお侍が、昼までには帰るはずだ、と言ったんです。あたし、ふたりが旦那を襲うつもりで長屋に来たような気がして」

おときが、眉を寄せた。

「うむ……」

杉本たちではないか、と茂兵衛はみた。

おときが感じたように、杉本たちは長屋に住む茂兵衛を襲うつもりで来たのではあるまいか。

「そのふたりだが、すぐに長屋を出たのか」

茂兵衛が訊いた。

「すぐに、出ていきましたよ」

おときは、心配そうな顔で、茂兵衛と松之助に目をむけた。

「おとき、頼みがある」

「なんです」

「わしは、すぐに出かける。すまんが、松之助をあずかってもらえぬか。わしがもどるまで、家から出さぬようにしてくれ」

茂兵衛は、柳村に助太刀を頼もうと思った。

「いいですよ」

おときは、松之助に目をやり、

「松之助さん、美味《おい》しいものでも食べましょうか」

と、笑みを浮かべて言った。

茂兵衛は松之助をおときに頼み、すぐに柳村の住む家にむかった。相手がふたりなら、柳村の手を借りれば、返り討ちにできるだろう。

茂兵衛から話を聞いた柳村は、

「そういうことなら、手を貸そう」

と言って、茂兵衛といっしょに長屋に来た。

途中、福多屋に立ち寄ると、弥助がいたので声をかけて連れてきた。弥助にも手を借りようと思ったのである。弥助は武士との斬り合いには役に立たないが、見張りや尾行は巧みである。

茂兵衛、柳村、弥助の三人は、茂兵衛の家で茶を飲みながら、武士が踏み込んでくるのを待ったが、昼が過ぎても姿を見せなかった。

「暇だな」

柳村が生欠伸《なまあくび》を嚙《か》み殺して言った。

「あっしらがいるのに気付いたんじゃァねえかな」

「そうかもしれん」

「家にとじこもってないで、いつもどおりにやればいい」

柳村が言った。

「そうするか」

茂兵衛も、家にとじこもっていることはないと思った。

「何をする」

「剣術の稽古だな」

茂兵衛が、暇なときは松之助とふたりで、近くの空き地で剣術の稽古をしていることを話した。

「稽古を、やったらどうだ」

柳村が言った。

「そうしよう」

茂兵衛は立ち上がり、松之助を連れてもどってきた。

松之助は茂兵衛から、空き地で剣術の稽古をすると聞くと、

「真剣を遣うのですか」

そう言って、目をかがやかせた。

「まァ、そうだ」

「柳村さまも、いっしょに稽古をなさるんですか」

松之助が、柳村に目をやって訊いた。

「い、いや、おれは、見ているだけだ」

柳村が声をつまらせて言った。

5

茂兵衛、松之助、柳村、弥助の四人は、茂兵衛たちがふだん剣術の稽古をしている空き地にむかった。

空き地に来ると、茂兵衛と松之助は袴の股だちを取ってから、いつも稽古をしている場に立った。そこは、雑草が踏み固められている。

一方、柳村と弥助は、空き地の隅に群生している丈の高い雑草の陰に身を隠した。そこで、襲撃者が姿をあらわすのを待つのである。

茂兵衛と松之助は、真剣を遣って素振りを始めた。

小半刻（三十分）も経ったろうか。茂兵衛たちの顔に、汗が浮いてきたときだった。茂兵衛は、大川端沿いの道に立っている武士の姿に目をとめた。

……わしらを見ている！

と、茂兵衛は気付いた。

武士は、網代笠をかぶっていたので、顔は見えなかった。小袖にたっつけ袴で、大小を帯びている。

武士は路傍に立って、茂兵衛たちに目をむけているようだった。

茂兵衛は、柳村と弥助に目をやった。ふたりも路傍に立っている武士に気付いたらしく、武士の方に顔をむけている。

茂兵衛は松之助とふたりで、素振りをつづけた。松之助は路傍の武士に気付いていないらしく、真剣な顔をして素振りをつづけている。

「松之助、刀を下ろせ」

茂兵衛が声をかけた。

松之助は素振りをやめると、荒い息を吐きながら、抜き身を手にしたまま左手の甲で額の汗を拭《ぬぐ》った。

「今日は、刀を構えて、そこから斬り込んでみるか」

「はい！」

松之助が、目をかがやかせた。真剣を遣って別の稽古に進めるのが、嬉しいらしい。

茂兵衛は、路傍に立っている武士にチラッと目をやった。

そのとき、武士は踵《きびす》を返して歩きだした。川下の方にむかっていく。弥助が立ち上がった。空き地の隅をたどって大川沿いの道に出ると、通行人を装って武士の跡を尾けていく。

柳村は、空き地から出なかった。尾行は、弥助にまかせたらしい。茂兵衛と松之助は、空き地で稽古をつづけた。

それから、一刻（二時間）も過ぎただろうか。茂兵衛たちが稽古を終わりにして、長屋に帰ろうとしたとき、弥助がもどってきた。

弥助はがっかりしたように肩を落とし、空き地へ入ってきた。柳村も弥助の姿を見て、近付いてきた。

「どうした、弥助」

茂兵衛が訊いた。

「面目《めんぼく》ねえ。まかれちまって」

弥助が、首をすくめて話しだした。

弥助は武士の跡を尾け、大川端の道から奥州街道に出て南にむかった。武士は浅草橋を渡って賑やかな両国広小路に出たという。

「やつは人込みのなかに入《へえ》ると、急に足を速めて表通りを馬喰町《ばくろちょう》の方へむかったんでさァ。あっしも、すぐにその通りへ入ったんですがね、やつの姿が見えなくなっちまったんで」

弥助は、武士が近くの路地に入ったとみて、あちこち探した。ところが、武士の姿を目にすることはできなかったという。

「やつは、あっしが跡を尾けてたのに気付いたにちげえねえ」

弥助が、悔しそうな顔をして言い添えた。

「気にするな。いずれにしろ、あの武士が、わしと松之助の様子を探りに来たことは、まちがいない」

茂兵衛が言った。

「どうする」

柳村が訊いた。

「何者か知れぬが、わしと松之助がここで稽古していることを知ったはずだ。ちかいうちに、襲うのではないかな」

茂兵衛は杉本たちだろうと思ったが、名は口にしなかった。

「富蔵に話して、福多屋に身を隠したらどうだ」

柳村が言った。

福多屋には、裏の仕事を頼んだ者が命を狙われたとき、身を隠すために寝泊まりできる部屋があった。

「いや、身を隠さずに襲わせよう。きゃつらは、わしと松之助のふたりで稽古をしているのを見たはずだ。そう多勢で襲うことはあるまい。多くて、三人とみた」

茂兵衛の脳裏を、杉本たち三人のことがよぎったのだ。

「そんなところだな」

「おぬしの手を借りて、返り討ちにしてくれよう」

茂兵衛は、滝沢と青葉の手を借りてもいいと思ったが、ふたりに声をかけて長屋に来てもらえば、事前に杉本たちが察知するかもしれない。そうなると、杉本たちは別の手を考えるだろう。

「いいだろう」

柳村がうなずいた。

その日、茂兵衛と柳村は、陽が沈むころ米沢町にむかった。昨日と同じように、三島屋に泊まるつもりだった。茂兵衛が長屋にいない間、松之助はおときに預かってもらうことにした。

その夜も、三島屋は何事もなく済んだ。茂兵衛と柳村は、三島屋で用意した朝餉を食べると、すぐに庄右衛門店にもどった。

茂兵衛はおときの家に立ち寄り、松之助を自分の家に連れ帰ると、一休みしてから、

「松之助、今日も稽古だぞ」

と、声をかけた。

「はい」

「稽古中に、何者かが襲ってくるかもしれぬ。油断をするな」

「油断しません」

松之助は、顔をひきしめて応《こた》えた。

茂兵衛と松之助は、剣術の稽古場にしている空き地にむかった。空き地には、柳村と弥助の姿があった。ふたりは、昨日と同じ場所に身を隠している。

「松之助、真剣の素振りからだ」

茂兵衛が声をかけた。

「はい」

ふたりは、真剣で素振りを始めた。

まだ昼前だが、陽は頭上ちかくにあった。ふたりは一振り、一振り、気合を発しながら真剣を振った。

茂兵衛たちが素振りを始めていっときすると、松之助の顔に汗が浮いてきた。息も荒くなっている。

茂兵衛は素振りをしながら通りに目をやった。

……いる！

茂兵衛は、大川端の道に立っている武士の姿に目をとめた。

昨日、見かけた武士とは別人だった。昨日の武士と同じように網代笠をかぶっていたが、羽織袴姿だった。大柄な男である。

6

武士は路傍に立って、空き地に体をむけていた。顔は見えなかったが、茂兵衛と松之助を見ているようだ。

……遣い手だ！

と、茂兵衛はみてとった。

大柄な武士は肩幅がひろく、どっしりと腰が据わっていた。武芸の修行で鍛え上げた体である。

杉本吉之助かもしれない、と茂兵衛はみた。滝沢たちから、杉本は大柄で、剣の遣い手と聞いていたのだ。

そのとき、松之助が茂兵衛に、

「爺さま、どうかしましたか」

と、訊いた。茂兵衛が何かに気を奪われ、素振りが乱れたのに気付いたようだ。

「松之助、ここに踏み込んでくるぞ」

茂兵衛が、刀を振りながら小声で言った。

「…………！」

松之助はうなずき、刀を振り続けたが、顔がこわばっている。緊張しているせいか、素振りが乱れている。

「踏み込んできたら、手筈《てはず》どおり、長屋へ逃げ込め」

茂兵衛は、敵が空き地に踏み込んできたら、ひとりで長屋にむかい、おときの家に逃げ込むように松之助に話してあったのだ。

「は、はい」

松之助は顔をこわばらせて答えた。

路傍の武士が、ふたりになった。大柄な武士のそばに、中背の武士が立っている。

……倉森かもしれない。

茂兵衛は、滝沢から倉森は中背だと聞いていた。

ふたりの武士は、路傍に立ったまま空き地に顔をむけている。茂兵衛たちの様子をうかがっているようだ。

もうひとり、あらわれた。やはり、武士である。路傍に立っているふたりと同じように、網代笠をかぶっていた。

三人が動いた。こちらにむかってくる。

「きたぞ！」

茂兵衛が言った。

松之助は、抜き身を手にしたまま逡巡するように茂兵衛に目をむけた。

三人の武士の足が、急に速くなった。大股で、空き地にむかってくる。

「行け！　松之助」

茂兵衛が声高に言った。

その声に弾《はじ》かれたように、松之助は長屋にむかって走りだした。

三人の武士が、空き地に踏み込んできた。三人とも松之助にはかまわず、真っ直ぐ茂兵衛にむかってくる。今日の狙いは、茂兵衛ひとりらしい。

そのときだった。ザザザッ、と雑草を踏み分ける音がし、柳村が疾走してきた。弥助は叢《くさむら》に身を隠したままである。

三人の武士はギョッとしたように足をとめ、柳村に顔をむけた。

この一瞬の隙《すき》を、茂兵衛がとらえた。

茂兵衛は、最後にあらわれて近くまで来ていた武士にむかって疾走し、
イヤアッ！

と、裂帛《れっぱく》の気合を発して斬り込んだ。素早い動きである。

武士は慌てて後ろに身を引いたが、間に合わなかった。ザクリ、と着物が肩から胸にかけて裂け、あらわになった肌に血の線がはしった。

武士は呻《うめ》き声を上げてよろめいた。かぶっていた網代笠が裂け、顔が見えた。苦痛に顔がゆがんでいる。

「斬れ！」

大柄な武士が、叫びざま抜刀した。

つづいて、中背の武士が刀を抜き、脇から走り寄る柳村に切っ先をむけた。

柳村は中背の武士から三間ほどの間合をとって足をとめると、青眼に構えて中背の武士と対峙した。

茂兵衛は一太刀浴びせた武士にはかまわず、大柄な武士の前に立つと、

「おぬし、杉本吉之助か」

と、声高に訊いた。

大柄な武士は答えなかったが、手にした刀が揺れた。動揺したらしいが、すぐに、

「生かしておけんな」

と言いざま、青眼に構え、切っ先を茂兵衛にむけた。

すかさず、茂兵衛も相青眼に構え、切っ先を大柄な武士の喉元につけた。

……遣い手だ！

と、茂兵衛は察知した。

その構えには、隙がなかった。腰が据わり、どっしりと構えている。

だが、切っ先がかすかに揺れていた。大柄な武士も茂兵衛の構えを見て、遣い手と察知したようだ。

ふたりの間合は、およそ三間――。

まだ、一足一刀の斬撃の間境の外だった。ふたりは全身に気勢を漲《みなぎ》らせ、斬撃の気配を見せて敵を攻めた。気攻《きぜ》めである。

ふたりは動かなかった。いや、動けなかったのである。気の攻め合いは互角だった。迂闊《うかつ》に動くと、己の気が乱れ、敵に一瞬の隙をつかれて斬り込まれる恐れがあったのだ。

ふたりは、気魄《きはく》を込めて敵を攻めた。

どれほどの時間が経過しただろうか。ほんの数瞬であったのか、それとも小半刻

（三十分）も経ったのか。ふたりは敵を攻めることに集中していたため、時間の経過の意識がなかった。

そのとき、中背の武士の気合が静寂を劈《つんざ》いた。対峙していた柳村にむかって、斬り込んだのだ。

その気合で、茂兵衛と大柄な武士の全身に斬撃の気がはしった。

イヤアッ！

タアッ！

ほぼ同時に、ふたりから鋭い気合が発せられ、二筋の閃光《せんこう》がはしった。

茂兵衛が踏み込みながら袈裟へ。

大柄な武士は真っ向へ。

袈裟と真っ向に斬り込んだふたりの刀身が合致し、甲高い金属音がひびき、青火が散った。

次の瞬間、ふたりは背後に跳びながら二の太刀をはなった。一瞬の太刀捌《さば》きである。

茂兵衛は、背後に跳びながら刀を横に払った。

大柄な武士は、左手に跳びながら袈裟に斬り込んだ。

ザクッ、と大柄な武士の左袖が裂けた。茂兵衛の切っ先が、とらえたのだ。

一方、大柄な武士の切っ先は、茂兵衛の肩先をかすめて空を切った。

ふたりは大きく間合をとり、ふたたび相青眼に構え合った。

大柄な武士の左の二の腕に、血の色があった。

「かすり傷だ」

大柄な武士が、低い声で言った。裂けた網代笠の間から、茂兵衛にむけられた双眸が見えた。燃えるようにひかっている。左腕を斬られたことで、気が高揚しているようだ。

7

柳村は中背の武士と対峙していた。

柳村は八相に構え、中背の武士は青眼に構えている。

中背の武士の切っ先が、小刻みに震えていた。右袖が裂け、あらわになった二の腕に血の色があった。浅手だが、柳村に斬られたようだ。

ふたりの間合は、二間半ほどだった。一足一刀の斬撃の間境の外である。

「いくぞ」

柳村が先《せん》をとって動いた。

素早い足捌きで、中背の武士との間合をつめ、
タアッ！

と、鋭い気合を発しざま、八相から袈裟に斬り込んだ。

一瞬、中背の武士は身を引いた。

柳村の切っ先が、中背の武士の肩先をかすめて空を切った。だが、柳村の袈裟斬りは、捨て太刀だった。敵に躱《かわ》されることを承知で斬り込んだのである。

中背の武士が柳村の切っ先を躱した瞬間、柳村は一歩踏み込みざま、二の太刀を横に払った。

袈裟から横一文字へ——。神速《しんそく》の連続技である。

柳村の切っ先が、中背の武士の右袖を切り裂いた。あらわになった中背の武士の右腕から血が噴いた。

中背の武士は、呻き声を上げながら身を引いた。

一方、茂兵衛と対峙していた大柄な武士は、中背の武士の呻き声を耳にすると、素早い動きで後じさった。そして、茂兵衛との間をとると、

「引け！　この場は、引け！」

と、声を上げた。

中背の武士も後じさり、柳村との間があくと、反転して走りだした。

「伊丹、勝負あずけた！」

言いざま、大柄な武士は反転し、中背の武士の後を追った。

茂兵衛と柳村は、ふたりの武士の後を追わなかった。ふたりの逃げ足が速いこともあったが、最初に茂兵衛に斬られた武士が、よろめきながら逃げようとしているのを見て、取り押さえようとしたのだ。それに、弥助が逃げたふたりの跡を尾けているはずである。

茂兵衛が武士の前に立ちふさがり、柳村が脇から武士の首筋に切っ先をむけ、

「動くと、首を落とすぞ」

と、鋭い声で言った。

武士はその場にへたり込んだ。身を顫《ふる》わせている。

武士の着物が肩から胸にかけて裂け、血に染まっていた。裂けた網代笠の間から、武士のひき攣《つ》ったような顔が見えた。

……こやつ、長くは保《も》たぬ。

と、茂兵衛はみた。

武士の出血が激しかった。着物がどっぷりと血を吸っている。

茂兵衛は武士の裂けた網代笠をとってやり、

「おぬし、名は」

と、訊いた。

武士は答えなかった。苦痛に顔をしかめている。

「逃げたふたりは、杉本と倉森だな」

茂兵衛が、ふたりの名を口にした。

すると、武士は茂兵衛に顔をむけ、驚いたような顔をしたが、すぐに視線をそらしてしまった。

「おぬし、先手組か」

茂兵衛がそう訊くと、武士は喘《あえ》ぎ声を上げながらちいさく頷いた。

「おぬし、名は」

茂兵衛が再び訊いても、武士は名乗らなかったが、

「滝沢たちに訊けば、すぐに分かることだ」

そう言って、あらためて名を訊くと、

「も、森島安次郎《やすじろう》……」

と、名乗った。

「なぜ、杉本たちに味方した」

「……」

森島は口をひらかなかった。

「ふたりは、おぬしを見捨てて逃げたのだぞ。それでも、ふたりを庇《かば》うのか」

茂兵衛が、逃げたふたりは、杉本と倉森だな、と念を押すと、森島は顔をしかめたままうなずいた。

「なぜ、ふたりに味方した。金か」

茂兵衛が語気を強くして訊いた。

「か、金ではない。……杉本どのが、同じ一門の兄弟子だったからだ」

森島が、声をつまらせて答えた。

「雲仙流か」

「そ、そうだ」

森島の体の顫えが、激しくなってきた。顔が土気色をし、呼吸が乱れてきた。

……森島は長くは保たぬ。

と茂兵衛はみて、

「岸崎虎之助と小柴重次郎を知ってるな」

と、声を大きくして訊いた。

森島は、うなずいた。

「ふたりは、どこにいる」

茂兵衛が訊いたが、森島は苦しげな呻き声を洩らしただけだった。

「岸崎たちは、杉本たちと同じ隠れ家にいるのではないか」

茂兵衛は、森島に顔を近付けて訊いた。

だが、森島は何も答えなかった。顔をしかめて低い呻き声を洩らすと、ふいに、顎《あご》を突き出すようにして背を反らした。そして、体を硬直させると、急に体から力が抜けてぐったりとなった。

「死んだ」

茂兵衛が低い声で言った。

8

弥助は、空き地から逃げたふたりの武士の跡を尾けていた。

大柄な武士と中背の武士は、大川端の道を川下にむかって足早に歩いていく。空き地から大川端の道に出た当初は、何度も背後を振り返り、尾行者を気にしているようだったが、いまは振り返りもしなかった。

ふたりは駒形町から諏訪町まで来ると、右手の路地に入った。そして、奥州街道へ出ると、南に足をむけた。

ふたりの武士は浅草橋を渡り、賑やかな両国広小路に出た。様々な身分の老若男女が行き交っている。

弥助は足を速めて、ふたりの武士との間をつめた。人込みにまぎれて、見失う恐れがあったのだ。

ふたりは、奥州街道を西にむかって歩いていく。そして、大伝馬町二町目に入って間もなく、中背の武士がひとりだけ左手の路地に入った。大柄な武士は、そのまま奥州街道を歩いていく。

……どっちを尾ける。

弥助は迷ったが、中背の武士を尾けることにした。中背の武士の住処は、近いとみたからである。

弥助は足を速めて、左手の路地に入った。前方に、中背の武士の後ろ姿が見えた。

この辺りは、堀留町二丁目である。

中背の武士は、路地をしばらくたどった後、仕舞屋の前で足をとめた。低い板塀でかこわれた借家ふうの建物である。

中背の武士は家の戸口で足をとめ、路地の左右に目をやった後、家の入口の板戸をあけて入った。

……ここが、やつの塒《ねぐら》かい。

弥助は通行人を装い、家の戸口に近付いた。

弥助が戸口に身を寄せて聞き耳を立てると、くぐもった男の話し声が聞こえた。話の内容までは聞き取れなかったが、武士と町人がしゃべっていることは分かった。町人は、しゃがれ声だった。この家に雇われた下男ではあるまいか。

弥助は家の戸口から離れた。そして、路地沿いにあった八百屋の親爺《おやじ》に、懐から十手を出して見せてから、

「あの家に住んでる二本差しの名を知ってるかい」

と、訊いた。

弥助は、こんなときのために、知り合いの岡っ引きからもらった古い十手を持ち歩いていた。岡っ引きと思わせると、話が聞きやすかったのだ。

「倉森さまでさァ」

親爺が言った。

「倉森か。……住んでるのは、借家だな」

「そうで」

「倉森は、独り暮らしかい」

「へえ」

親爺がうなずいた。

「家のなかから、年寄りの声が聞こえたぜ」

「下働きの助八《すけはち》でさァ」

親爺によると、助八は通いで来ているいう。

「二本差しが、訪ねてくることはねえかい」

「ありやすよ。家に入《へえ》っていくのを何度か見たことがありやす」

「そいつの名は、聞いてねえだろうな」

「聞いてねえなァ」

親爺は、首を横に振った。

「手間を取らせちまったな」

弥助は親爺に礼を言って、その場を離れた。

弥助はすぐに来た道を引き返した。茂兵衛たちに、一刻も早く倉森のことを知らせようと思ったのだ。

庄右衛門店の茂兵衛の家に、松之助と柳村の姿もあった。

茂兵衛は弥助が上がり框に腰を下ろすのを待ち、

「弥助、何か知れたか」

と、訊いた。座敷にいた松之助と柳村の目も、弥助にむけられている。

「ひとりだけ、塒が知れやした」

弥助はそう前置きし、ふたりの武士の跡を尾けた様子を話し、ひとりが堀留町二丁目の借家に入ったことを言い添えた。

「そやつの名は」

茂兵衛が訊いた。

「倉森でさァ」

「やはり、倉森か。それで、倉森は独り暮らしか」

「そのようで」

弥助は、下働きの助八という男が、家に出入りしていることを話した。

「逃げたもうひとりが、杉本だな」

弥助の話で、杉本は奥州街道を西にむかったことが分かったが、住処は先にある、と茂兵衛はみた。

「どうする」

柳村が訊いた。

「倉森を捕らえるのも手だが……」

茂兵衛は、倉森を捕らえれば、杉本の居所や岸崎たちの様子も知れるのではないかと思った。それに、しばらくの間、杉本たちに襲われる懸念もなくなるだろう。

「弥助、倉森は跡を尾けられたことに気付いたか」

茂兵衛が訊いた。

「気付いちゃァいねえ」

「そうか。……ともかく、滝沢どのと相談しよう」

滝沢と青葉は、上意により、杉本と倉森を討つために江戸に出てきているのだ。茂兵衛たちが、杉本たちを勝手に捕らえるなり討つなりしたら、滝沢たちの面目は丸つぶれになるかもしれない。

「おぬしに、まかせる」

柳村はそう言った後、

「三島屋はどうする。今日も、行くか」

と、茂兵衛に訊いた。

「行くつもりだ。まだ、押し込み一味が杉本たちとは決め付けられないし、一味は総勢五人だ。どう動くか分からんからな」

「承知した」

柳村は、家に帰って一休みしてから三島屋にむかうことを話して、腰を上げた。

「旦那、あっしも、ちょいと家に帰《けえ》りやす」

弥助も立ち上がった。

弥助は、駒形町に近い材木町《ざいもくちょう》の長屋に、お竹《たけ》という女房とふたりで住んでいたのだ。

第三章　襲撃

1

その日、茂兵衛は日本橋堀留町一丁目に来ていた。川澄の住む町宿である。座敷に顔をそろえたのは、茂兵衛、川澄、滝沢、青葉の四人だった。

昨日、茂兵衛は川澄に会い、藩邸にいる滝沢と青葉にここに集まるよう連絡をとってもらったのだ。

茂兵衛は川澄たちと顔を合わせると、

「一昨日、杉本たちに襲われたのだ」

と、切り出し、空き地で松之助と剣術の稽古をしていたおり、杉本たちに襲われたときの様子をひととおり話した。

「すると、森島を討ち取ったのですか」

滝沢が驚いたような顔をして訊いた。

「だが、杉本と倉森には、逃げられた」

大柄な武士は、杉本にちがいない、と茂兵衛はみていた。

「杉本たちは、伊丹どのたちも狙っていたのか」

滝沢が眉を寄せて言った。

「それで、空き地に居合わせた者が、逃げる杉本と倉森の跡を尾けたのだ」

茂兵衛がそう切り出し、倉森の居所をつかんだことを話した。

「どこです、倉森の住処は」

滝沢が身を乗り出して訊いた。

「堀留町二丁目にある借家らしい」

「ここの、隣り町ですよ」

川澄が驚いたような顔をし、杉本たちを見かけたのは、倉森の隠れ家が近くにあったせいか、とつぶやいた。

「倉森は独り暮らしですか」

滝沢が訊いた。

「独りのようだが、下働きの男がいるらしい」

茂兵衛が言った後、つづいて口をひらく者がなく、座敷は静寂につつまれた。男たちは、倉森をどうするか、考えをめぐらせているらしい。

いっときして、茂兵衛が、

「どうするな。倉森を討つか、それとも、泳がせて杉本の居所をつきとめるか」

と、滝沢たちに目をやって訊いた。

「捕らえますか」

滝沢が声を大きくして言った。

「捕らえて、話を聞くのか」

「そうです。倉森が吐けば、杉本の居所だけでなく、物頭の松岡さまをなぜ斬ったのか、理由も分かるはずです。討つのは、話を聞いた後でも遅くない」

「他のことも、訊けるな」

茂兵衛は、杉本や倉森が押し込み一味なのか確かめようと思った。それに、岸崎と小柴の居所を知っているかもしれない。

「倉森を捕らえましょう」

滝沢があらためて言った。

「そうするか」

茂兵衛はすぐに同意した。

「いつ、捕らえます」

黙って話を聞いていた川澄が訊いた。

「早い方がいいな。明日では、どうだ」

茂兵衛が言うと、滝沢たち三人がうなずいた。

それから、茂兵衛たちは、倉森を捕らえる手筈を相談した。捕縛にむかうのは、この場にいる四人に、弥助をくわえることにした。倉森の住む借家を知っているのは弥助だったので、茂兵衛が弥助を連れていくことを話したのである。

「明朝、わしが弥助を連れてこの家にまいろう」

茂兵衛は、倉森が家を出る前に捕らえたかった。そのためには、朝のうちに倉森の住む借家に踏み込まねばならない。

茂兵衛はそれだけ話すと、川澄の住む町宿を出た。そして、いったん庄右衛門店にもどってから、材木町にある弥助の長屋にむかった。

弥助は長屋にいた。

「弥助、話がある」

茂兵衛は、弥助を長屋から連れ出した。女房のお竹がいたので、面倒をかけたくなかったのだ。それに、お竹には聞かせたくない話である。

茂兵衛と弥助は大川端に出て、福多屋の方に歩きながら、

「明朝、倉森の住む借家に踏み込むことになった」

と、茂兵衛が切り出した。

弥助は黙ってうなずいた。

「倉森の住む家を知っているのは、弥助だけだ。それで、明日、案内してほしい」

「承知しやした」

「明朝、倉森が家を出る前に踏み込みたい。そのためには、暗いうちに、駒形町を出ねばならぬな」

茂兵衛は、滝沢たち亀沢藩の者が三人くわわることを話した。

「あっしは、いつでもかまわねえ」

「わしの長屋に、寅《とら》ノ刻（午前四時）ごろに来てくれ」

寅ノ刻は、旅人が早立ちするころである。

「へい」

弥助が答えた。顔がひきしまっている。茂兵衛が何としても倉森を捕らえたい、と思っていることを感じとったのであろう。

茂兵衛は庄右衛門店にもどると、

「わしは、明日、暗いうちにここを出るつもりだ。松之助は、明るくなったら、おときの家へ行け」

と、松之助に話した。

「爺さま、わたしも行きます」

松之助が、訴えるような目をして茂兵衛を見た。

「駄目だ。明日は、滝沢どのたちと大事な用があるのだ。……うまくすれば、岸崎たちの居所が知れるかもしれぬ」

茂兵衛は、静かだが強いひびきのある声で言った。

茂兵衛は滝沢たちといっしょに倉森を捕らえた後、倅夫婦を斬殺した岸崎と小柴の居所も訊くつもりでいたのだ。

「わたしは、長屋にいます」

松之助が虚空を睨《にら》むように見すえて言った。

2

満天の星だった。大川端は夜陰につつまれ、轟々《ごうごう》たる大川の流れの音がひびいている。

茂兵衛と弥助は、人影のない大川端を川下にむかって歩いていた。これから、堀留町一丁目にある川澄の町宿へ行くのである。

ふたりは大川端の道から奥州街道へ出ると、浅草橋を渡り、さらに街道を日本橋方面にむかった。

ふたりが、大伝馬町二丁目まで来たとき、

「旦那、ちょいと倉森の塒を覗《のぞ》いてみやすか」

と、弥助が言った。

茂兵衛は東の空に目をやった。夜陰が薄れ、曙《あけぼの》色に染まっていたが、まだ明け六ツ（午前六時）までには、間がありそうだった。

「近いのか」

茂兵衛が訊いた。

「そう手間はとりませんや」

「行ってみよう」

茂兵衛も、倉森が借家にいるかどうか確かめたかった。

「こっちで」

弥助が左手の路地に入った。

人気《ひとけ》のない路地をしばらくたどった後、弥助は仕舞屋の前に足をとめ、

「この家でさァ」

と、声をひそめて言った。

家は夜陰と深い静寂につつまれていた。茂兵衛と弥助は、足音を忍ばせて戸口に身を寄せた。

茂兵衛がいっとき聞き耳をたてていると、家のなかでかすかに物音がした。夜具を動かすような音である。

……だれか、いる！

茂兵衛は、倉森であろうと思った。

すぐに、茂兵衛は弥助とともにその場を離れた。

「旦那、家にだれかいやしたぜ」

弥助が目を剝《む》いて言った。弥助も物音を耳にしたらしい。

「倉森とみていいな」

「まちげえねえ。あの家に住んでるのは、倉森だけでさァ」

「川澄どのの家に急ごう」

東の空は、だいぶ明るくなっていた。

茂兵衛と弥助が川澄の家に着くと、滝沢と青葉の姿もあった。三人は、すぐに家を出られるような支度をして茂兵衛たちを待っていた。

「すぐ、行こう」

茂兵衛たちは、倉森の住む家にむかった。

茂兵衛たち五人が堀留町二丁目に入り、倉森の住む借家の近くまで来たとき、石町の明け六ツの鐘の音が聞こえた。

路地のあちこちで、表戸をあける音がした。明け六ツの鐘の音を合図に表戸をあけ、商いを始める店が多いのだ。

路地には、人影もあった。ぼてふりや朝の早い出職《でしよく》の職人などが、足早に歩いている。仕事場にむかうようだ。

先に立った弥助が路傍に足をとめ、

「その家で」

と言って、倉森の住む借家を指差した。

「行ってみよう」

茂兵衛たちは、足音を忍ばせて借家の戸口に近付いた。

家のなかはひっそりとして、物音も話し声も聞こえなかった。茂兵衛が念のため、入口の板戸に耳を近付けると、かすかに鼾《いびき》が聞こえた。倉森は、まだ眠っているらしい。

「いるぞ」

茂兵衛は小声で滝沢たちに知らせた後、板戸を引いてみた。

開かない。心張り棒を支ってあるらしい。

「たたき起こすか」

茂兵衛が言った。

すると、弥助が、

「あっしが、やつを外へ引き出しやしょう。旦那たちは、家の脇で待っててくだせえ」

と、小声で言った。

茂兵衛が訊いた。

「そんなことが、できるのか」

「まかせてくだせえ」

弥助はひとり、戸口の板戸の前に立った。

茂兵衛たちは家の脇に身を寄せ、倉森が外へ出てくるのを待った。

弥助が板戸をたたきながら、

「旦那！　倉森の旦那！　起きてくだせえ」

と、家のなかにむかって声を上げた。

すると、家のなかから、「だれだ！」という声が聞こえた。倉森が目を覚ましたらしい。

「杉本の旦那の使いで来やした。お渡しする物がありやす。ここをあけてくだせえ」

弥助が声高に言った。

「杉本どのの使いだと」

家のなかで声がし、つづいて床板を踏むような音がした。倉森は起きて、戸口に近付いてくるようだ。

戸口近くで、土間に下りる音がし、

「何を預かってきた」

と、板戸の向こうで倉森の声がした。

「あっしには、何だか分からねえ。お渡ししやすから、見てくだせえ」

弥助は懐から巾着を取り出した。自分の巾着である。

戸に支ってあった心張り棒を外すような音がし、板戸があいた。

顔を出した倉森は、寝間着姿だった。土間に立ったまま弥助に目をやり、

「見たことのない顔だな。……何を預かってきた」

と、訊いた。顔に不審そうな色がある。

「これでさァ」

弥助は手にした巾着を前に突き出し、すこし後じさった。何とかして、倉森を家の外に引き出そうとしたのだ。

3

倉森は戸口の敷居を跨《また》いで外に出ると、

「見せてみろ」

と言って、弥助の前に右手を伸ばした。

「へい」

弥助が巾着を倉森に手渡した。

そのときだった。家の脇に身を隠していた茂兵衛と滝沢が飛び出した。ふたりは、抜き身を手にしていた。刀身を峰に返してある。倉森を峰打ちに仕留めるためである。

倉森はふたりの姿を目にし、ギョッ、としたように立ち竦《すく》んだが、すぐに茂兵衛に気付いたらしく、

「騙《だま》し討ちか！」

と叫び、反転して家の中に逃げ込もうとした。

そこへ、茂兵衛が走り寄り、手にした刀を横に払った。素早い動きである。

ドスッ、という皮肉を打つ鈍い音がし、茂兵衛の刀身が倉森の脇腹に食い込んだ。峰打ちが、倉森の脇腹を強打したのだ。

倉森は苦しげな呻き声を上げ、両手で脇腹を押さえて蹲《うずくま》った。

「倉森を家に連れ込め！」

茂兵衛が声をかけた。

青葉、川澄、弥助の三人が、蹲っている倉森の両腕と、背後から寝間着の帯をつかんで家のなかに引き摺り込んだ。路地を通りかかる者の目に触れないように、家のなかに引き入れたのだ。

茂兵衛たちは、倉森を土間の先の板間に連れていった。倉森が寝ていたのは、板間の奥の座敷らしい。

「滝沢どの、先に訊いてくれ」

茂兵衛が、滝沢に声をかけた。上意討ちの命を受け、杉本と倉森を追っていた滝沢に、話を聞いてもらおうと思ったのだ。

「かたじけない」

そう言って、滝沢は倉森の前に立った。

「倉森、おれと青葉は、おぬしと杉本を討つことを命じられて出府したのだが、うぬを討つ前に訊いておきたいことがある」

滝沢はそう前置きし、

「なにゆえ、物頭の松岡裕一郎さまを斬ったのだ」

と、倉森を見据えて訊いた。

倉森は苦しげに顔をしかめていたが、

「さ、酒に、酔っていたので、松岡さまを斬ったことは覚えていない」

と、声を震わせて言った。

「斬ったことさえ覚えていないほど、泥酔していたというのか」

滝沢が訊いた。

「そ、そうだ」

「小頭の杉本もおぬしと同じように泥酔していて、松岡さまに斬りかかったのか」

滝沢が倉森を見すえて訊いた。

「杉本どののことは、知らぬ」

「知らぬはずはあるまい。おぬしは杉本とふたりで松岡さまを斬った後、いっしょに国元を出て、今も行動を共にしているのだぞ」

滝沢の声に、強いひびきがくわわった。

「お、おれは、何も知らぬ」

倉森は吐き捨てるように言うと、視線を膝先に落としてしまった。

滝沢はいっとき倉森を睨むように見すえていたが、

「杉本の住処は、どこだ」

と、声をあらためて訊いた。

「神田鍛冶町《かんだかじちょう》と聞いたが、おれは行ったことがない」

「どうやって、杉本と連絡をとっていた」

「も、森島どのが、つないでくれたのだ」

「先手組の森島か」

「そ、そうだ」

そのとき、茂兵衛が、

「森島なら、わしらが斬った」

と口を挟み、杉本や倉森たちに長屋近くの空き地で襲われたとき、いっしょにいた森島を斬ったことを話した。

倉森は顔をしかめた。肩先がかすかに震えている。

滝沢はいっとき間を置いた後、

「森島は、江戸詰めの先手組か」

と、倉森に訊いた。

「そうだ」

倉森が答えた。

滝沢は茂兵衛に目をむけ、

「伊丹どの、訊いてくだされ」

と言って、倉森の前から身を引いた。

茂兵衛は滝沢に代わって倉森の前に出ると、

「岸崎虎之助と小柴重次郎を知っているな」

と、倉森を見すえて訊いた。

「……………」

倉森は、戸惑うような顔をして口をつぐんでいる。答えていいものかどうか、迷っているふうだ。

「わしの倅夫婦は、国元で岸崎と小柴に斬られた。それで、わしは孫とふたりで、江戸へ逃げた岸崎と小柴を追って出府したのだ」

茂兵衛は一呼吸置き、

「岸崎と小柴を知っているな」

と、語気を強くして訊いた。

「し、知っている」

倉森が、声をつまらせて答えた。

「岸崎と小柴は、どこにいる」

「ふたりの住処は知らぬが、小柴が杉本どのの家にときどき姿を見せるようだ。

……同じ雲仙流一門なので、国元にいるときから親しくしていたらしい」

「雲仙流一門のつながりか」

茂兵衛はそう言った後、いっとき口をつぐんでいたが、

「ところで、おぬしは日本橋本石町の両替屋、松波屋に押し入った賊のなかのひとりだな」

と、倉森を見すえて訊いた。

「し、知らぬ。おれは、盗賊とは何のかかわりもない」

倉森は顔色を変え、声を震わせて言った。

茂兵衛は倉森の様子を見て、この男、何か知っている、と思ったが、

「松波屋の者がな、盗賊は五人で、そのなかに武士が三人いたと話したらしいのだ。わしは、おぬしと杉本、それに岸崎と小柴、その四人のなかに、盗賊にくわわった者がいるとみたのだ」

と言った。

茂兵衛が、盗賊のなかに杉本や倉森たちがいたのではないかと思ったのは、杉本と倉森が、松波屋の近くを歩いていたという話を聞いたからである。それに、出府

した岸崎や杉本たちが、江戸で暮らしていくには相応な金が必要で、それこそ辻斬りか盗賊でもやらなければ、まともな暮らしはできないはずだ。

長屋暮らしをしている茂兵衛でさえ、福多屋の裏稼業に手を染めて暮らしをたてているのである。

「倉森、おぬしはここに家を借り、下働きの者まで雇っている。その金は、どこから出たのだ」

茂兵衛が、倉森を見すえて訊いた。

倉森は追い詰められたような顔をして黙り込んでいたが、

「く、国元から持参した金だ」

と、声を震わせて言った。

「倉森、米沢町にある両替屋の三島屋を知っているな」

茂兵衛は、三島屋の名を出した。

「し、知らぬ」

倉森の顔色が変わった。血の気が失せ、体の顫えが激しくなった。動揺している。

……倉森は三島屋を知っている。

と、茂兵衛は思ったが、そのことは言わず、

「おぬしのことは知らぬが、杉本が三島屋の様子をうかがっていたのを見た者がいるのだがな」

と、杉本の名だけ口にした。

倉森は何も言わなかった。まだ、体が顫えている。

「杉本は、三島屋に押し入るつもりではないのか」

茂兵衛が、倉森を見すえて訊いた。

「杉本どのが、何をしようとしているか、おれは知らぬ」

倉森は、否定しなかった。それどころか、杉本が三島屋を狙っているかのような言い方だった。

……杉本は、三島屋を狙っている！

と、茂兵衛は確信した。

4

「それで、捕らえた倉森はどうしたのだ」

柳村が、歩きながら茂兵衛に訊いた。

茂兵衛たちが倉森を捕らえ、訊問した翌日だった。茂兵衛と柳村は、三島屋にむかっていた。三島屋は、杉本たちに襲われる恐れがあったのだ。

「倉森は、滝沢どのが預かっている」

茂兵衛が、倉森を訊問したときの様子をかいつまんで話した。

「はたして、杉本たちは三島屋を襲うかな」

柳村は、腑《ふ》に落ちないような顔をした。

「わしは、襲うとみている」

茂兵衛が言った。

「杉本たちは、倉森がおぬしたちに捕らえられたことを知ったのではないか。倉森の口から三島屋のことも洩れたとみて、別の店に矛先を変えはしまいか」

「そうかもしれん。……だが、三島屋で警備にあたっているのが、わしとおぬしだけと知れば、踏み込んでくるような気がする」

杉本たちは、簡単に三島屋から手を引かない、と茂兵衛はみていた。

「押し込み一味は五人で、そのうち武士が三人だったな」

柳村が言った。

「そのようだ」

「三人の武士のなかに、倉森と森島がいたのではないか」

「森島ははっきりしないが、倉森はいたとみている」

「いずれにしろ、残っている一味の武士は杉本だけではないか」

「いや、他にもいる」

「だれだ」

「岸崎と小柴だ」

「おい、岸崎と小柴は、おぬしたちが敵と狙っている相手ではないのか」

柳村が茂兵衛に顔をむけて訊いた。

「そうだ」

茂兵衛は、柳村に岸崎と小柴のことを話してあったのだ。

「なぜ、岸崎たちが、盗賊一味にくわわるとみたのだ」

柳村が、腑に落ちないような顔をした。

「杉本たちは江戸に出たときから、岸崎たちと接触していた節がある。それに、杉本と倉森は、国元で同じ剣術道場に通っていたのだ」

茂兵衛は、亀沢藩の領内にひろまっている雲仙流のことを話した。

「同門の者か」

「一門のつながりは強い。杉本に岸崎と小柴がくわわれば、押し込み一味は、これまでより強敵になる」

茂兵衛が顔をひきしめて言った。

「厄介だな」

「それに、わしらが三島屋にいれば、あえて三島屋を狙うような気がするのだ」

「どういうことだ」

柳村が茂兵衛に目をむけた。

「岸崎と小柴は、わしと松之助が敵として狙っていることを知っている。……わしが三島屋にいると知れば、踏み込んでわしを始末しようとするのではないかな。こちらは、わしとおぬしのふたり。岸崎たちは腕のたつ者が三人そろっている。しかも、他には抵抗しない店の者がいるだけだ」

茂兵衛が歩きながら話した。

「杉本たちは、踏み込んでくるな」

柳村の顔がけわしくなった。

「そうかといって、いまさら三島屋の警備を断ることはできまい。わしらが断った後、三島屋に賊が踏み込んでみろ。福多屋の信用は、丸つぶれだ。当然、わしらの仕事もなくなる」

「そのとおりだ」

「賊と闘うしかない」

茂兵衛が顔をひきしめて言った。

そんなやり取りをして歩いているうちに、茂兵衛たちは米沢町の三島屋のある通りまで来た。ふたりは三島屋に近付くと、通り沿いの天水桶の陰や店の脇などに目をやり、三島屋を見張っている者がいないか確かめながら歩いた。

「それらしい者は、いないいな」

柳村が言った。

「だが、いつ踏み込んでくるか分からん。いずれにしろ、わしらも策を立てねばなるまいな」

茂兵衛は、盗賊を迎え撃つための策をたてておこうと思った。

茂兵衛と柳村は、いつもどおり三島屋の帳場の奥で夕餉を馳走になった後、

「勝兵衛、話しておくことがあるのだがな」

と、茂兵衛が声をかけた。

「何でしょうか」

勝兵衛は不安そうな顔をして座りなおした。

「いや、念のためだ。……まァ、賊が店に踏み込んでくることはないと思うが、用心のためにな」

「は、はい」

勝兵衛は顔をこわばらせた。茂兵衛が口にしたことで、盗賊に襲われるかもしれないとの思いが、高まったのだろう。

「賊が踏み込んできても、店の者には危害が及ばないようにしたい」

茂兵衛はいつもと変わらない口調で言った。

「どうすれば、よろしいんでしょうか」

「今夜から、わしと柳村は、店の帳場近くにいる。賊が踏み込んできたら、大声を上げて知らせるから、家族と奉公人たちに、裏から逃げるよう話しておいてくれ」

「て、てまえの家族は、二階で寝ていますが……」

勝兵衛が、声を震わせて言った。

勝兵衛の家族は、四人だった。勝兵衛の他に、ご新造、十歳になる嫡男、七歳の娘がいる。

「二階から、裏手の台所近くに降りられる階段があったな」

茂兵衛は二階から裏手へ出られることを承知していた。

「ございます」

「二階にも聞こえる声を上げるから、階段を使って裏手へ逃げてくれ」

「は、はい……」

勝兵衛の顫えは、とまらなかった。

「用心のため、逃げる手筈を話しておくだけだ。まんいち賊が踏み込んできたら、わしと柳村とで追い払うが、念のためだ」

茂兵衛が穏やかな顔で言うと、勝兵衛はいくらか安心したのか、

「伊丹さまと柳村さまが店にいてくだされば、安心できます」

そう言って、いくぶん表情をやわらげた。

その夜も、何事も起こらなかった。茂兵衛と柳村は、三島屋で朝餉を馳走になってから店を出た。

5

茂兵衛と柳村は、三島屋からの帰りに福多屋に立ち寄り、帳場にいた富蔵に、

「弥助の手を借りたいのだがな」

と、身を寄せて言った。

「三島屋で、何かありましたかな」

富蔵は、茂兵衛たちの様子から三島屋で何かあったと思ったらしい。

「いや、あるとすれば、これからだ。……用心のために、弥助の手を借りたいのだ」

「すぐ、呼んできましょう。おふたりは、奥で待っていてください」

富蔵は、女房のおさよに、茂兵衛たちに茶を淹れるよう言い置き、急いで店から出ていった。

茂兵衛と柳村が帳場の奥の小座敷に腰を落ち着け、おさよが淹れてくれた茶を飲んでいると、富蔵が弥助を連れてもどってきた。

弥助は茂兵衛たちの前に腰を下ろすと、

「あっしに、何か用ですかい」

と、神妙な顔をして訊いた。

富蔵も弥助の脇に腰を下ろした。茂兵衛たちの話にくわわるつもりなのだろう。

「三島屋の件でな、弥助にも手を貸してもらいたいのだ」

茂兵衛が言った。

「手を貸すも何も、あっしは分け前をもらってるんですぜ。どんなことでも、言いつけてくだせえ」

「わしは、近いうちに盗賊が三島屋に踏み込んでくるとみている」

「あっしも、そんな気がしやす」

弥助が顔を厳しくして言った。

「それでな、明日から弥助も三島屋に詰めてもらいたいのだ」

「行くのは、かまわねえが……」

弥助は戸惑うような顔をした。茂兵衛たちのように、押し込み一味と闘うことはできないと思ったのだろう。

「弥助はな、店のどこかに身を隠していて、賊が逃げたら跡を尾けて行き先をつきとめてくれ」

茂兵衛たちは、弥助に尾行を頼もうと思ったのだ。

「承知しやした」

すぐに、弥助が言った。

「ただな、一味の武士はいずれも遣い手だ。気付かれると命はないぞ」

「油断はしませんや」

「弥助、行き先をつきとめるのは、一味のうちのひとりでいい。一味のなかに町人がいたら、そいつの跡を尾けろ。……口を割らせるなら、武士より町人の方がいいかもしれん」

茂兵衛は始末をつけるためにも、盗賊のひとりを捕らえて仲間の居所をつきとめるつもりだった。それに、岸崎と小柴の住処が分かれば、倅夫婦の敵を討つこともできる。

「分かりやした」

弥助が目をひからせて言った。

翌日、茂兵衛たちは弥助も連れて三島屋にむかった。ただ、どこに杉本たちの目がひかっているか知れないので、弥助は茂兵衛たちからすこし間をとり、客を装って三島屋に入った。

その夜、茂兵衛と柳村は帳場の奥の座敷で休んだが、弥助は店の隅の暗がりに身を潜めたまま眠った。弥助はこうしたことに慣れていて、板の間でも筵《むしろ》の上でも眠ることができた。

だが、この夜も何事もなく過ぎた。

翌日も、茂兵衛たちは三島屋に足を運んできた。

この日、風があった。店の表の通りを吹き抜ける風が大戸をたたき、ガタガタと絶え間なく音をたてた。

「来るなら、今夜だぞ」

茂兵衛が柳村と弥助に言った。

夜になり、店の奉公人たちはそれぞれの部屋にもどり、勝兵衛と妻子は二階の寝間に入ったようだ。茂兵衛と柳村は帳場の奥の座敷で休み、弥助は店の隅の暗がりに身を隠した。

風はなかなか収まらなかった。表通りを吹き抜ける音と板戸をたたく音が、絶え間なく聞こえてくる。

子《ね》ノ刻（午前零時）ごろであろうか。店の表の方で、風音とはちがう大きな音が聞こえた。何か斧《おの》のような物で、板戸をぶち壊す音である。

「来たぞ！」

茂兵衛が声を上げた。その声は、表の風音と板戸を壊す音で掻き消されてしまった。

茂兵衛と柳村は、すぐに立ち上がり、傍らに置いてあった大刀を腰に帯びた。ふたりは、帳場の仄《ほの》かな明かりを頼りに、店の表にむかった。賊の侵入に備え、帳場の隅の行灯《あんどん》に火が点《とも》してあったのだ。

茂兵衛たちが帳場まで来たとき、大戸をぶち破る音はやんでいた。脇のくぐりが壊されて、あいていた。賊が破ったのは大戸ではなく、脇のくぐりだった。

くぐりのそばの土間に、数人の黒い人影があった。

「龕灯《がんどう》に、火をいれろ」

賊のひとりが、くぐもった声で言った。

龕灯は、銅やブリキなどで釣鐘形の外枠を作り、なかに蠟燭《ろうそく》を立てられるようにした物である。一方だけ照らす、現在の懐中電灯に似ている。

土間で火打石を打つ音がし、賊のひとりの手元が、ボッと明るくなった。付け木に火が付いたらしい。

火は龕灯のなかの蠟燭に移され、龕灯のむけられた先が丸く照らし出された。

これを見た茂兵衛と柳村が、ドカドカと床板を踏みながら、

「押し込みだ！」

「逃げろ！」

と、大声で叫んだ。一階の奥の奉公人の部屋と二階にいる勝兵衛一家に、盗賊の侵入を知らせたのである。

賊のなかのひとり、大柄な男が、

「帳場だ！」

と、叫んだ。

男は黒い頭巾《ずきん》をかぶっていて顔は見えなかったが、その大柄な体軀から杉本らしいことが分かった。

すると、龕灯が茂兵衛と柳村にむけられた。丸い大きなひかりが、茂兵衛と柳村を闇のなかに浮かび上がらせた。

茂兵衛と柳村が、ほぼ同時に抜刀した。ふたりの刀身が龕灯のひかりを反射《はね》、赤みを帯びてひかった。

「斬れ！　伊丹だ」

別の武士が叫んだ。この男も、黒い頭巾をかぶっている。

賊は五人いた。刀を差した男が三人、いずれも武士らしい。町人体《てい》の男がふたり、それぞれ同じ黒い頭巾をかぶっている。

一階の奥の奉公人部屋から、男たちの声や障子をあけしめする音などが聞こえてきた。奉公人たちが、逃げるために裏手にむかったらしい。二階からも、ごとごとと物音が聞こえた。勝兵衛の家族が部屋を出て裏手の階段にむかったようだ。

「柳村、この場から引くぞ！」

茂兵衛が柳村に声をかけ、ふたりは帳場から奥へ通じている廊下にもどって立ち止まった。

6

「さァ、こい！」

茂兵衛は廊下のなかほどに立って、刀を低い八相に構えた。

柳村は、茂兵衛の左手後方に立った。抜き身を手にしたままで、構えをとっていない。廊下は狭く、ふたりで刀をふるうだけの間がなかったのだ。

そこへ、ふたりの武士が抜き身を手にしたまま近寄ってきた。杉本らしい大柄な武士と中背のずんぐりした体軀の武士だった。ふたりとも頭巾をかぶっていて、顔は見えなかった。

中背の武士は、胸が厚く首が太かった。その体付きを見ただけでも、剣の修行を積んだことが知れた。

……こやつ、岸崎かもしれぬ！

岸崎は首が太く、胸が厚い、と茂兵衛は聞いていたのだ。

茂兵衛の正面に立った男は、杉本らしい武士だった。廊下は狭く、ひとりとしか対峙できない。

これが、茂兵衛たちの策だった。狭い廊下で迎え撃てば、賊が何人であろうと一対一の勝負になる。しかも、賊が店の裏手にまわることを阻止できる。勝兵衛の家族や奉公人たちの逃げる間を、とってやることもできるのだ。

「伊丹、うぬはおれが斬る！」

大柄な武士が、怒りに声を震わせて言った。

「おぬし、杉本か」

茂兵衛が杉本の名を口にした。

「だれでもよい」

叫びざま、大柄な武士は手にした刀の切っ先を茂兵衛にむけ、青眼に構えた。杉本の名を否定しなかったことから、大柄な武士は杉本とみていいようだ。

茂兵衛は、低い八相にとっていた。

ふたりの間合は、およそ二間——。

狭い廊下のため、間合も近かった。一歩踏み込めば、斬撃の間合に入る。

茂兵衛は杉本と対峙して、

……隙がない
と、思った。杉本の青眼の構えは、以前立ち合ったときと同様、隙がなかった。ただ、体が硬い感じがした。異様な気の昂りのため、体が硬くなっているようだ。

杉本はわずかに後じさった、茂兵衛の隙のない構えに威圧を感じたらしい。これを見た杉本の背後にいた岸崎らしい男が、

「おれがやる!」

と言って、すばやく杉本と入れ替わった。

岸崎らしい男も、青眼に構えた。剣尖が、ピタリと茂兵衛の目線につけられている。

……こやつ、できる!

茂兵衛は、胸の内で叫んだ。

岸崎らしい男の構えは、隙がないだけではなかった。茂兵衛の目線につけられた

剣尖には、そのまま眼前に迫ってくるような威圧感があった。そして、岸崎らしい男の体が、遠くなったように見えた。剣尖の威圧で、岸崎らしい男が遠くに立っているように感じられるのだ。

「おぬし、岸崎だな」

茂兵衛が岸崎の名を口にした。

すると、茂兵衛にむけられていた剣尖が、かすかに揺れた。心の動揺が剣尖にあらわれたようだ。

この一瞬の隙を、茂兵衛がとらえた。

タアッ！

鋭い気合を発し、一歩踏み込みざま、茂兵衛は八相から袈裟に斬り込んだ。神速の太刀捌きである。

一瞬、岸崎らしい男は身を引いた。だが、わずかに遅れた。

茂兵衛の切っ先が、男の肩から胸にかけて小袖を切り裂いた。男はさらに身を引き、あらためて青眼に構えた。

岸崎らしい男の胸に、血の色はなかった。斬られたのは、小袖だけである。

「老いぼれ、やるな」

岸崎らしい男が、茂兵衛を見据えて言った。男の体に気勢が漲り、頭巾の間から見える双眸が、夜禽のようにひかっている。

「次は、おぬしの首を落とす」

茂兵衛は、あらためて低い八相に構えた。

そのとき、茂兵衛の左手後方にいた柳村が、

「おれにも、やらせろ」

と言って、茂兵衛の脇からすこし前に出た。そして、青眼に構えると、切っ先を岸崎らしい男の喉元にむけた。

柳村は茂兵衛が斬り込んだり、敵の斬撃を受けたりしたとき、踏み込んで斬り込もうとしたのだ。

岸崎らしい男は、後じさった。茂兵衛と柳村のふたりが相手では、後れをとるとみたようだ。すると、杉本も後じさり、茂兵衛との間合があくと、

「伊丹、命はあずけた」

そう言い残し、踵を返した。

茂兵衛と柳村は、その場にとどまった。杉本たちを追ってその場から出れば、押し入った賊に取り囲まれる。

　杉本は帳場にいた仲間たちに、

「今夜のところは、帳場に置いてある金だけでも、もらっておけ」

　と、声をかけた。

　すると、龕灯の灯が帳場格子の方にむけられ、帳場机や、その背後に置いてあった小簞笥《こだんす》や小銭箱などを照らし出した。

　ふたりの町人が帳場机の背後にまわり、小簞笥をあけたり、小銭箱のなかを覗いたりした。そして、懐から布袋を取り出し、丁銀《ちょうぎん》や銭などをつかみとって布袋に入れた。それが済むと、杉本が、

「今夜のところは、これまでだが、次はこの店の有り金を残らずもらう。……伊丹、おぬしの命もな」

　そう言い置いて、踵を返した。

　杉本と岸崎らしい男が先にたち、他の三人がつづいた。

7

弥助は三島屋のくぐりの脇の暗闇に、身を隠していた。五人の賊が店内に入った後、隙をみて店の外に出たのだ。

弥助は暗闇に身を潜めたまま、五人の盗賊が店から出てくるのを待っていた。夜更けの表通りには、人影がまったくなかった。どの店も表戸をしめ、深い夜の帳《とばり》につつまれている。

表通りを、ヒュウ、ヒュウと風が吹き抜け、通り沿いに並ぶ表店の大戸をガタガタと鳴らしていた。

三島屋の店のなかから、かすかに気合や床を踏む音などが聞こえたが、それもすぐにやんでしまった。

……まさか、伊丹の旦那たちが、殺《や》られたんじゃァあるめえな。

弥助が胸の内でつぶやいたときだった。

壊されたくぐりから、人影が出てきた。店に入った盗賊である。ふたりの武士が、先に出てきた。つづいてふたりの町人、しんがりに武士がひとり。入ったときと同じ五人である。ふたりの町人が、布袋をかついでいた。

……盗んだ金かもしれねえ。

と、弥助はみた。

五人の賊は、人気のない表通りを両国広小路の方へ足早にむかった。

弥助は店にもどり、茂兵衛と柳村が無事かどうか確かめたかったが、五人の賊の跡を尾けることにした。弥助の任務は、賊の行き先をつきとめることである。

弥助は五人の賊が遠ざかると、身をひそめていた暗がりから出て跡を尾け始めた。尾行は楽だった。夜陰が、弥助の姿を隠してくれたし、風音が足音を消してくれたからだ。それでも、弥助は店の軒下闇をつたうようにして、五人の跡を尾けた。

五人は両国広小路に出た。日中は大勢のひとが行き交っている広小路だが、いまはまったく人影がなかった。

五人は、広小路の隅に集まった。そして、町人が布袋に手を入れて何かつかみだした。この場で、三島屋から奪った物を分けているようだ。

いっときして、五人は三方に分かれた。ふたりの武士は柳原《やなぎわら》通りの方へむかい、もうひとりの武士は浅草橋の方へ足をむけた。

ふたりの町人は、両国橋の方へむかった。

……あのふたりを、尾けるか。

弥助は胸の内でつぶやき、両国橋の方へ足をむけた。茂兵衛から、町人を尾けるよう言われていたのを思い出したのだ。

ふたりの町人は、両国橋を渡った。そして、右手の竪川《たてかわ》沿いの通りに出た。いっときすると、前方に、竪川にかかる一ツ目之橋が見えてきた。夜陰のなかに、黒い橋梁《きょうりょう》が長く横たわっている。

ふたりは、橋のたもとで二手に分かれた。ひとりは竪川沿いの道を東にむかい、もうひとりは一ツ目之橋を渡って、深川方面に足をむけた。

弥助は橋のたもとまで来て足をとめた。どちらを尾けるか迷ったが、竪川沿いの道を歩いていく男を尾けることにした。橋を渡った男の姿が、暗がりに入って見えなくなったからである。

まだ、強風が吹いていた。竪川の川面を渡ってきた風が、ヒュウ、ヒュウと音をたてている。

先を行く男はひとりになると、すこし足を速めた。小柄ですこし猫背だった。その背をさらに丸めて、東にむかって歩いていく。

前方に二ツ目之橋が、見えてきた。竪川にかかる橋は、大川に近い方から順に一ツ目之橋、二ツ目之橋、三ツ目之橋……と、名がつけられている。

男は足をとめ、通りの左右に目をやった後、通り沿いにあった店の脇の路地に入った。この辺りは、相生町《あいおいちょう》三丁目である。

弥助も路地に入った。前方の闇のなかに、かすかに男の姿が見えた。路地沿いには、小体な店や仕舞屋などがつづいていた。どの家も夜の帳《とばり》につつまれ、ひっそりと寝静まっている。

男は路地沿いの路地木戸の前で足をとめた。長屋があるらしい。男は周囲に目を配った後、路地木戸をくぐった。

弥助は路地木戸の前まで来ると足をとめ、

「ここが、やつの塒か」

と、つぶやいて踵を返した。

このまま長屋に踏み込んで、男のことを探ることはできなかった。明朝、出直すつもりだった。

翌朝、弥助は暗いうちに起きて、ふたたび相生町に足を運んだ。弥助は、男の名と、長屋が埒かどうか確かめてから、茂兵衛たちに知らせようと思ったのだ。

弥助は、昨夜《ゆうべ》男が入った路地木戸近くに来ると、半町ほど先に八百屋があるのに目をとめた。

弥助は八百屋に近付き、店先にいた親爺に、

「昨日、おれの妹を泣かせた野郎が、そこの長屋に入るのを見かけたんだ」

と、切り出した。

親爺は戸惑うような顔をして弥助を見ただけで、何も言わなかった。弥助が、何を話したいのか分からなかったのだろう。

「名は聞いてねえんだが、小柄でな、すこし猫背だ」

弥助は、男の体付きを話した。

「又七《またしち》だな」

親爺の顔に、嫌悪の色が浮いた。親爺は、又七という男を嫌っているらしい。

「又七に、女房はいるのかい」

「独り者《もん》だよ。歳をとった母親《かかあ》といっしょだったが、母親が三年ほど前《めえ》に死んだのよ」

親爺が言った。

「又七の生業《なりわい》は、なんだい」

「母親が生きてるときは、左官をやってたが、ちかごろは何もしてねえようだ」

「そうか。……ところで、ちかごろ胡乱《うろん》な二本差しとつるんで、遊んでねえかい」

「表通りを二本差しと歩いているのを見たことがあるよ。何をしてるんだか分からねえ。長屋の者も、怖がって近付かねえようだ」

親爺が眉を寄せ、又七は女子供も平気で殴ったりすることを話した。

「妹に、又七は諦めろと言っておくか」

弥助はこれ以上訊くことはないと思い、手間をとらせたな、と親爺に声をかけ、八百屋の店先から離れた。

弥助は駒形町に帰ると、すぐに庄右衛門店に足をむけた。いっときも早く、茂兵衛に又七のことを知らせようと思ったのである。

長屋の茂兵衛の家に、茂兵衛と松之助、それに柳村の姿もあった。

茂兵衛は戸口の腰高障子をあけて入ってきた弥助を見ると、

「何か知れたか」

と、すぐに訊いた。どうやら、茂兵衛と柳村は、弥助が来るのを待っていたようだ。

「知れやしたぜ」

弥助は土間に立ったまま、賊のひとりを尾行し、名が又七であることと、相生町の長屋に住んでいることを話した。

「よく分かったな」

茂兵衛が感心したような顔をした。

「今朝、暗いうちに相生町へ出かけて、聞き込んできたんでさァ」

「さすが弥助だ。やることが早い」

「それほどでもねえや」

弥助が照れたような顔をして言った。

第四章　隠れ家

1

風のない静かな晴天だった。

「昨日とちがって、今日は穏やかだな」

茂兵衛が、奥州街道を歩きながら言った。

茂兵衛、柳村、弥助の三人は、奥州街道を南にむかって歩いていた。弥助が塒をつかんできた又七を捕らえるためである。

「いやすかね」

弥助は、又七が長屋にいるかどうか心配だった。茂兵衛と柳村を相生町に連れていっても、又七が塒にいなければ、どうにもならない。

茂兵衛たち三人は大川にかかる両国橋を渡って、竪川沿いの通りへ入った。川沿いの道をしばらく歩くと、相生町三丁目に入り、前方に二ツ目之橋が見えてきた。

弥助は通り沿いにあった下駄屋の近くまで来ると、

「その路地の先ですぜ」

と言って、下駄屋の脇の路地を指差した。

弥助が先に路地に入った。茂兵衛と柳村が、ついてきた。弥助は路地沿いにあった路地木戸の前で足をとめ、

「又七の塒は、ここの長屋でさァ」

と言って、指差した。

「いるかな」

茂兵衛が路地木戸のなかを覗いた。

「入ってみるか」

柳村が言った。

茂兵衛たち三人は、路地木戸をくぐった。

長屋に入るとすぐ、右手にちいさな稲荷《いなり》があった。その先に井戸があり、女がふたり立ち話をしていた。長屋に住む女房らしい。ふたりの女は、訝《いぶか》しそうな目で茂

兵衛たちを見た。見知らぬ武士がふたりも、長屋に入ってきたからだろう。

「ちょいと、あっしが訊いてきやす」

弥助がひとり、井戸端にむかった。

茂兵衛と柳村は、この場は弥助に任せようと思い、稲荷の脇に立って弥助がもどってくるのを待った。

弥助はふたりの女と話していたが、いっときすると足早に茂兵衛たちのところにもどってきた。

「又七は、いやすぜ」

すぐに、弥助が言った。

「又七の家は分かるのか」

茂兵衛が長屋に目をやって訊いた。

井戸の先に、棟割り長屋が三棟、東から西にかけて並んでいた。住人の住む家の数は多いようだ。

「西側の棟のようですぜ」

弥助がふたりの女から聞き出したことによると、又七の家は西側の棟の手前から二番目だという。

「行ってみよう」

茂兵衛たちは、西側の棟にむかった。

棟の脇まで来ると、茂兵衛たちは足をとめて家々の戸口に目をやった。手前の家から、話し声が聞こえた。女と子供の声である。母親と幼子が話しているようだ。

その先の家からは、何の音もしなかった。

「何も聞こえぬ」

茂兵衛が言った。

「近付いてみやすか」

「そうだな」

茂兵衛が先にたち、足音を忍ばせて手前から二番目の家に近付いた。弥助と柳村が、足音をたてないように忍び足でついてきた。

茂兵衛は又七の家の前で足をとめると、戸口に近付いて腰高障子の破れ目からなかを覗いてみた。

……いる！

土間の先の座敷に、男がひとり胡座《あぐら》をかいていた。小柄で、猫背である。又七らしい。

又七の膝先に、貧乏徳利《どくり》が置いてあった。手に湯飲みを持っている。どうやら、ひとりで酒を飲んでいるらしい。

「押さえるぞ」

茂兵衛が、声を殺して言った。

茂兵衛は抜刀した。又七を斬らずに取り押さえるつもりだったが、おとなしくさせるために、刀で脅すのだ。

柳村も抜き、刀身を峰に返した。柳村は又七が逃げようとしたら、峰打ちで仕留める気らしい。

「あっしは、これで」

弥助は、懐から十手を取り出した。こうしたときに持ち歩く、岡っ引きからもらった古い十手である。

茂兵衛が、腰高障子をあけはなった。茂兵衛たち三人は、素早く土間に踏み込んだ。

座敷にいた又七は、刀を手にした男たちがいきなり入ってきたのを見て目を剝いたが、何も言わなかった。いや、激しい恐怖で、声が出なかったのである。凍りついたように体が固まっている。

茂兵衛は素早く座敷に踏み込み、

「動くな！」

と言いざま、手にした刀の切っ先を又七の喉元に突き付けた。

又七は息を呑《の》み、その場に座り込んだまま茂兵衛を見上げている。体が激しく顫えだした。

そこへ、柳村と弥助が座敷に上がり、又七を取り囲んだ。

「て、てめえたちは！」

又七が声を上げた。茂兵衛と柳村が三島屋にいたことに気付いたようだ。

「こいつの手を縛ってくれ」

茂兵衛が弥助に頼んだ。

「へい」

弥助は懐から細引《ほそび》きを取り出し、又七の両腕を後ろにとって縛った。なかなか手際がいい。

「お、おれを、どうする気だ」

弥助が声を震わせて訊いた。

「おれたちは、町方ではないのでな、番屋に連れていく気はない。ここで、話を聞かせてもらう」

そう言って、茂兵衛は又七の前に立った。

2

「まず、三島屋に押し入った四人のことを訊く」

茂兵衛が、又七を見すえて切り出した。

「仲間の三人の武士だが、ひとりは杉本吉之助だな」

茂兵衛が杉本の名を出して訊いた。

又七は、驚いたような顔をして茂兵衛を見たが、

「し、知らねえ」

と言って、顔を横にむけてしまった。答える気はないらしい。

「そうか、このままではしゃべる気にならぬか」

茂兵衛は、刀の切っ先を又七の首に当ててすこし引いた。又七の首の皮肉をうすく斬ったのである。

首に、赤い血の筋がはしった。

ヒッ、と悲鳴を上げ、又七は首をすくめた。首に浮いた血の筋から、ふつふつと血が湧き、細い筋になって流れた。

「次は、首を落とすぞ」

そう言った後、茂兵衛はあらためて、

「武士のひとりは、杉本吉之助だな」

と、念を押すように訊いた。

「そ、そうで……」

又七は、声を震わせて答えた。隠す気が失せたようだ。

「岸崎虎之助もいたな」

茂兵衛が岸崎の名を出した。

「いやした」

又七が小声で答えた。

やはり、ずんぐりした体軀の武士は、岸崎である。杉本は先に江戸に出ていた岸崎と接触し、行動を共にするようになったのだろう。

「もうひとりの武士は、小柴ではないか」

茂兵衛は小柴の名を出して訊いた。

「そうで」

又七が、ちいさくうなずいた。

「本石町の松波屋に押し入ったときは、岸崎と小柴はいなかったな」

茂兵衛が声をあらためて訊いた。松波屋に押し入ったとき、武士は杉本、倉森、森島の三人だったはずである。

「くわしいことは知らねえが、杉本の旦那が、倉森の旦那と森島の旦那の代わりにふたりを連れてきたんでさァ」

「そうか」

どうやら、杉本は倉森と森島を失い、手が足りなくなって岸崎と小柴に声をかけたようだ。

「それで、杉本の住処は」

茂兵衛が声をあらためて訊いた。

「茅町《かやちょう》と聞きやした」

「茅町のどこだ」

浅草茅町は、奥州街道沿いにひろくつづいている。茅町と分かっただけでは、探しようがない。

「あっしは、行ったことがねえんで、どこか分からねえんでさ」

又七が首をすくめた。

「連絡《つなぎ》はだれがしていたのだ」

「杉本の旦那で」

「うむ……」

どうやら、杉本が岸崎たちと接触していたようだ。

茂兵衛は念のため小柴の住処も訊いたが、又七は知らなかった。

そこまで訊いて、茂兵衛が身を引くと、

「あっしも、訊いていいですかい」

と、弥助が言った。

「訊いてくれ」

茂兵衛が言うと、弥助は又七に身を寄せ、

「おめえといっしょに、一ツ目之橋のたもとまで来た男は、なんてえ名だい」

と、訊いた。腕利きの岡っ引きを思わせるような訊き方である。

又七は戸惑うような顔をして口をつぐんでいたが、

「権八《ごんぱち》で……」

と、小声で言った。

「権八の塒は、どこだい」

さらに、弥助が訊いた。

「深川でさァ」

「深川のどこだ」

弥助の声が、大きくなった。深川はひろい町である。深川と知れても、探しようがないのだ。

「八幡橋《はちまんばし》の近くでさァ」

「黒江町《くろえちょう》か」

八幡橋は、黒江町に接する入堀にかかっている。

「そうで」

又七によると、権八の塒は借家だそうだ。八幡橋のたもと近くに二階建てのそば屋があり、その店の脇の路地を入った先にあるという。

「権八は独り暮らしじゃァ、ねえようだな」

弥助が訊いた。

「おかよってえ情婦《いろ》といっしょでさァ」

又七の口許に薄笑いが浮いたが、すぐに消えた。何か卑猥《ひわい》なことでも、頭に浮かんだのだろう。

「あっしが、権八の塒を突きとめやすぜ」

弥助が言った。

弥助につづいて、これまで黙って聞いていた柳村が、

「ところで、おまえたちは、杉本たちとどこで知り合ったのだ」

と、抑揚のない声で訊いた。

「杉本の旦那は、あっしの命の恩人なんでさァ」

又七によると、大川端を歩いているとき、ならず者に因縁をつけられ、殺されそうになったそうだ。そのとき、たまたま通りかかった杉本に助けられ、その後、杉本の使い走りのようなことをしていたという。

「そうか」

柳村はそれだけ訊くと、すぐに身を引いた。

茂兵衛たちは、又七をこのまま放免することはできなかったので、暗くなってから駒形町の福多屋まで連れていくことにした。

福多屋には闇の仕事の依頼人を泊める部屋があったので、そこにひとまず又七を監禁しておくつもりだった。此度《こたび》の件の始末がついたら、町方に引き渡すことになるだろう。

3

茂兵衛たちは、又七を捕らえた翌日、深川にむかった。日を置かずに、権八を捕らえようと思ったのだ。権八は、又七が捕らえられたことを知れば、塒から姿を消すとみたからである。

茂兵衛たちは駒形町を発ち、両国広小路を経て両国橋を渡った。そして、大川端沿いの道を南に歩き、永代橋《えいたいばし》のたもとを過ぎてから左手の通りへ入った。その通りは、富ケ岡八幡宮《とみがおかはちまんぐう》の門前につづいていた。黒江町は、その通り沿いにひろがっている。

入堀にかかる八幡橋を渡ると、通りの先に富ケ岡八幡宮の一ノ鳥居が見えた。この辺りから、黒江町である。参詣《さんけい》客や遊山《ゆさん》客が多くなり、そば屋、料理屋、料理茶屋などが目につくようになった。

「二階建てのそば屋だったな」

そう言って、弥助が通り沿いの店に目をやった。

茂兵衛と柳村も、通りの左右に目をやりながら歩いた。

「あの店ではないか」

茂兵衛が、通り沿いの店を指差して言った。

二階建てのそば屋らしい店があった。店に近付くと、入口の脇の掛け行灯に「二八そば」と記してあった。

「店の脇に、路地がありやすぜ」

弥助が指差した。

目をやると、そば屋の脇に路地があった。路地沿いに小体な店が並び、行き交うひとの姿が見えた。

「行ってみよう」

茂兵衛たちは、そば屋の脇の路地に入った。

路地沿いに、飲み屋、小体なそば屋、茶漬け屋など、飲み食いできる店が並んでいた。行き交うひとは、近所の住人らしい者が多かったが、参詣客や遊山客らしい男たちの姿もあった。

「借家だったな」

茂兵衛たちは、借家ふうの家屋を探しながら歩いた。

路地に入って一町ほど歩いたとき、

「あれではないか」

と、柳村が前方を指差して言った。

見ると、路地沿いに借家らしい家が三軒並んでいた。いずれも、小体な家である。

「どの家かな」

三軒のうちの一軒が、権八の住む家であろう。

「近所の者に訊いた方が早いな」

柳村が言った。

「あそこに、下駄屋がありやす。あっしが訊いてきやしょう」

そう言い残し、弥助が小走りに路地の先にむかった。

路地沿いに、下駄屋があった。店先の台に、赤や紫などの綺麗な鼻緒をつけた下駄が並んでいた。客の姿はなく、店の親爺らしい男が台の上の下駄を並べ替えている。

弥助は下駄屋に近付き、親爺に声をかけた。弥助は親爺と話していたが、いっときすると、茂兵衛たちのところへもどってきた。

「どうだ、様子が知れたか」

茂兵衛が訊いた。

「へい、権八の塒は、手前の家だそうで」

「いるかな」

「下駄屋の親爺の話だと、半刻（一時間）ほど前《めえ》、家の前を通りかかったとき、権八の声が聞こえたそうでさァ」

「行ってみるか」

茂兵衛たちは、通行人を装って借家にむかった。

三軒並んでいる手前の借家の前まで来ると、家のなかからかすかに人声が聞こえた。何を話しているか聞き取れなかったが、男と女の声であることは分かった。

「いるようだ」

茂兵衛が言った。

「踏み込むか」

柳村が低い声で訊いた。

「そうだな」

「女はどうする」

「いっしょに、捕らえるしかないな」

茂兵衛は、女を逃がすと、騒ぎたてるのではないかと思った。それに、女の口から杉本たちに知れる恐れもある。

「行くぞ」

茂兵衛、柳村、弥助の三人は、足音を忍ばせて戸口にむかった。

入口の板戸脇が、一寸ほどあいていた。心張り棒は支っていないようだ。もっとも、昼近くであり、家に住人がいるのだから、戸締まりはしないだろう。

茂兵衛たちは、戸口の前で足をとめた。茂兵衛と柳村は抜刀し、弥助は懐から十手を取り出した。茂兵衛たちは、権八を斬るのではなく、逃げようとしたら峰打ちにするつもりだった。

「踏み込むぞ」

茂兵衛が声を殺して言い、戸口の板戸をあけた。

土間の先が狭い板間になっていて、その奥の座敷に、男と女がいた。男は権八のようだ。

権八は座敷のなかほどで、小袖の裾を取って帯に挟もうとしていた。尻《しり》っ端《ぱし》折《よ》りして、出かけようとしていたところらしい。

女は座敷の隅に座して、男に目をやっていた。年増だった。おかよであろう。

権八は土間に入ってきた茂兵衛たちを見て、

「だれでえ！」

と、叫んだ。

茂兵衛と柳村は、無言のまま刀を峰に返した。

キャッ！　と、おかよが悲鳴を上げ、座敷を這《は》って隅に逃げた。

「て、てめえら！」

権八はひき攣ったような声で叫び、座敷の奥の神棚のところへ行って腕を伸ばした。手にしたのは匕首《あいくち》である。

権八が匕首を抜き、身構えたときだった。

「遅い！」

柳村は座敷に踏み込みざま、峰に返した刀を横に払った。素早い動きである。

グワッ、と呻き声を上げ、権八は匕首を取り落とし、両手で腹を押さえてうずくまった。柳村の峰打ちが、権八の腹を強打したのだ。

この間に、茂兵衛は座敷の隅に蹲っているおかよのそばに行き、

「おかよ、おとなしくしていれば、手荒なことはせぬ」

と、声をかけた。

おかよは、座敷の隅で身を顫わせている。


茂兵衛と柳村は、権八を座敷のなかほどに座らせて訊問を始めた。おかよは、奥の寝間に連れていって、弥助が見張っていた。権八の自白によっては、おかよから訊くことがあるかもしれない。

「権八、わしらは、又七を捕らえて話を聞いているのでな、余計なことは訊かぬ」

茂兵衛がそう言うと、権八は驚いたような顔をした。権八は、又八が捕らえられたことは知らないようだ。

「杉本の住処は、どこだ」

茂兵衛が語気を強くして訊いた。

「し、知らねえ」

「浅草の茅町ではないのか」

茂兵衛は、又八から聞いた地名を口にした。茂兵衛は、茅町にある杉本の住処をつきとめる手掛かりになることを、聞き出したかったのだ。

「茅町と聞いてやす」

権八は、隠す気はないようだった。すでに、又七がしゃべっていることを知ったからだろう。

「茅町の、どの辺りだ」

さらに、茂兵衛が訊いた。

「知らねえ」

「何か聞いてることがあるだろう」

「浅草御門の近くだと、聞いた覚えがありやす」

浅草御門の近くは、茅町一丁目である。

「まさか、長屋住まいではあるまいな」

「借家と聞いてやす」

「借家か」

それだけ分かれば、杉本の住処はつきとめられる、と茂兵衛は踏んだ。茅町一丁目で、武士の住む借家を探せばいいのである。

念のため、茂兵衛は岸崎と小柴の住処も訊いたが、権八は知らなかった。

「何か訊くことはあるか」

茂兵衛が柳村に目をやると、柳村は無言のまま首を横に振った。

茂兵衛たちは、権八とおかよを借家から連れ出すと、人目につかないように路地や新道をたどり、福多屋に連れていった。しばらくの間、又八といっしょにふたりを監禁しておくつもりだった。

4

茂兵衛が庄右衛門店に帰ったのは、暮れ六ツ（午後六時）を過ぎてからだった。家に、松之助の他におときの姿もあった。

「だ、旦那、待ってたんですよ」

おときが、声を震わせて言った。

「何かあったのか」

茂兵衛は、おときが不安そうな顔をしているのを見た。

「長屋に、お侍が四人も来て、旦那と松之助さんを探してたんです」

そう言って、おときは茂兵衛と松之助に目をやった。

「四人だと！」

茂兵衛は、長屋に来たのは杉本たちだと思ったが、ひとり多い。杉本、岸崎、小柴の三人に、もうひとりくわわったのではあるまいか。

「四人は、松之助に気付かなかったのか」

茂兵衛が訊いた。

すると、おときの脇に座していた松之助が、

「わたしは、おときさんの家に隠れていました」

と、昂った声で言った。

「おときの家までは、探さなかったのだな」

「あたしの家にも、来たんですよ。ちょうど、おとっつぁんが家にいて、そんな子は知らない、と言うと、出ていったんです」

おときが、声高にしゃべった。そのときの恐怖が、まだ残っているようだ。

「四人は、長屋中探したのか」

長屋が大騒ぎになったのではあるまいか。

「他の家は、覗かなかったようだけど、何人かつかまえて旦那と松之助さんのことを訊いたようですよ」

「うむ……」

まずい、と茂兵衛は思った。

杉本たちは、茂兵衛と松之助が長屋で暮らしていることだけでなく、どこで何をしているかも知ったにちがいない。

……すぐに、手を打たねば、わしだけなく松之助も殺される。

茂兵衛は危惧《きぐ》した。

敵討ちどころではなかった。逆に、茂兵衛と松之助が命を狙われているのである。

茂兵衛は、すぐに手を打とうと思った。

翌朝、茂兵衛は松之助をおときに頼み、堀留町にむかった。まず、町宿に住む川澄市之助に会い、滝沢と青葉に連絡をとってもらうつもりだった。

折よく、川澄は町宿にいた。茂兵衛が、滝沢と青葉に頼みたいことがあるので、連絡をとってくれ、と川澄に頼むと、

「承知しました。今日のうちにふたりと会って、長屋にうかがうように話してみます」

川澄は、すぐに藩邸へ出かけて滝沢たちに会うという。

「頼むぞ」

茂兵衛はそう言い残し、長屋にもどった。松之助のことが心配だったのである。

茂兵衛はおときの家に立ち寄り、長屋に変わったことはないかと訊くと、おときはほっとした顔で、何もないと答えた。

「今日は、わしも長屋にいる」

茂兵衛は、松之助といっしょに長屋にいて、滝沢たちが来るのを待とうと思った。

その日、陽が西の空にかたむいたころ、滝沢、青葉、川澄の三人が、長屋に姿を見せた。

茂兵衛は三人を座敷に上げると、

「実は、三島屋に盗賊が押し入ったのだ。賊は武士が三人、町人がふたりだった」

まず、三島屋のことから切り出した。

滝沢たち三人は息をつめて、茂兵衛の話に聞き入っている。

「武士は、杉本、岸崎、小柴の三人だ」

茂兵衛が言い添えた。

「まことでござるか」

滝沢が念を押すように訊いた。

「まちがいない。町人は、又七と権八という男でな、すでに捕らえ、ふたりから話を聞いているのだ」

「て、手が早い」

滝沢が驚いたような顔をした。

「又八たちの証言からも、杉本たちであることがはっきりしたのだ」

「盗賊まで、やるとは……！」

滝沢の顔が、憤怒に赭黒《あかぐろ》く染まった。

茂兵衛はいっとき間を置いた後、さらに話をつづけた。

「杉本たちも、わしらのことを黙ってみているつもりはないようだ。……実は、杉本たちが、わしと松之助を討つために、この長屋に踏み込んできたのだ。幸い、わしも松之助も家にいなかったので難を逃れたが、このままではすむまい」

「また、ここを襲うとみているのですか」

川澄が訊いた。

「おそらく、近いうちに踏み込んでくる。しかも、武士が四人なのだ」

茂兵衛が言った。

「四人ですか。……杉本、岸崎、小柴の他にもいたのですか」

これまで黙って聞いていた青葉が、身を乗り出すようにして訊いた。

「もうひとりいたようだ」

「何者ですか」

滝沢が訊いた。

「何者か分からないが、亀沢藩の者とみている」

茂兵衛が、名も分からない、と言い添えた。

「江戸詰めの者が、杉本たちにくわわったのかもしれません」

滝沢の顔がけわしくなった。

「それで、そこもとたちに頼みがある」

茂兵衛が、声をあらためて言った。

「なんですか」

滝沢が訊くと、青葉と川澄も茂兵衛に顔をむけた。

「ちかいうちに、杉本たちはわしと松之助の命を狙って、ここに踏み込んでくるはずだ。それで、そこもとたちに手を貸してほしいのだ」

茂兵衛が、柳村という腕のたつ武士の手も借りるつもりだ、と言い添えた。

茂兵衛は、柳村と滝沢たち三人の手を借りれば、杉本たちを返り討ちにできるとみていた。

「承知しました」

滝沢が言うと、青葉と川澄もうなずいた。

5

庄右衛門店の茂兵衛の家には、杉本たちの襲撃に備えて四人の武士が待機していた。茂兵衛、滝沢、青葉、それに川澄である。

一方、松之助は柳村と弥助の三人で、おときの家にいた。杉本たちが茂兵衛の家に踏み込んできたら、柳村がおときの家から出て敵の背後から襲うことになっていた。また、弥助は逃げた者の跡を尾け、行き先をつきとめるのである。

「今日も、来ないようだ」

滝沢が戸口の腰高障子に目をやって言った。

陽が沈み始めたらしく、腰高障子が淡い茜色に染まっていた。

滝沢と青葉は、一昨日から川澄の住む町宿に泊まり、川澄とともに庄右衛門店に来ていた。滝沢たち三人は、四ツ（午前十時）ごろには長屋に姿を見せ、陽が沈んでから帰ることにしていたのだ。

「そろそろ、堀留町に帰ってもらうかな」

茂兵衛が、そう言ったときだった。

井戸端の方で、女の悲鳴が上がった。つづいて、何人もの足音が聞こえた。足音はこちらにむかってくる。

「来たぞ！」

茂兵衛は立ち上がり、すぐに袴の股だちをとった。

滝沢、青葉、川澄の三人は、傍らに置いてあった刀を手にして腰に差すと、急いで股だちをとった。

何人もの足音が、近付いてきた。

すぐに、茂兵衛は土間に下り、腰高障子の破れ目から外を覗いた。

「四人だ！」

茂兵衛が滝沢たちに知らせた。

武士体の男が四人、足早にこちらにむかってくる。いずれも、頭巾で顔を隠していたが、杉本たちにまちがいない。

茂兵衛につづいて滝沢が土間に下り、腰高障子の前に立った。そして、刀を抜いた。茂兵衛も抜刀した。ふたりは杉本たちが障子をあけようとして近付いたら、障子越しに刀で突き刺すつもりだった。

茂兵衛と滝沢は、身構えて切っ先を障子にむけた。

……来たぞ！

四人の足音が、障子のすぐ近くで聞こえた。

足音は、腰高障子の向こうでとまった。物音も話し声も聞こえない。四人は障子越しに、家のなかの気配をうかがっているようだ。

チリッ、と爪先で、小石を踏むような音がし、人影が障子に映じた。

……いまだ！

茂兵衛は胸の内で叫び、手にした刀を障子に突き刺した。

ひとを刺した手応えがあり、腰高障子の向こうで呻き声が聞こえた。すかさず、茂兵衛のそばにいた滝沢も、刀を障子に突き刺した。だが、呻き声も悲鳴も、聞こえなかった。敵をとらえることができなかったらしい。

「障子の向こうにいるぞ！」

男が、叫んだ。

杉本の声が聞こえた。

「どけ、おれがやる」

次の瞬間、バサッ、と大きな音がし、腰高障子が斜めに大きく桟ごと切り裂かれた。杉本が障子を狙って、袈裟に斬り下ろしたのだ。

大きく切り裂かれた障子の間から、戸口にいる頭巾をかぶった武士体の男たちの姿が見えた。

「座敷にもどるぞ」

茂兵衛が滝沢に声をかけた。

腰高障子の向こうから、茂兵衛と滝沢の姿が見えているはずだった。今度は、茂兵衛たちが障子越しに斬られる。

茂兵衛と滝沢は素早く座敷に上がり、青葉と川澄とともに、杉本たちが家に入ってくるのを待った。

腰高障子が、大きくあけはなたれた。三人の武士が、戸口近くに立っている。もうひとり、三人の背後に立っている男がいた。小袖の左肩のあたりが、血に染まっている。茂兵衛の突きをあびたらしい。

「四人も、いるぞ！」

大柄な武士が叫んだ。杉本らしい。

「踏み込めん」

別のひとりが言った。

「伊丹、出てこい！　出てこなければ、火を放つぞ」

杉本が怒鳴り声を上げた。

「ま、待て！」

茂兵衛は、杉本たちならやりかねない、と思った。家に火を付けられたら、逃げ場がない。それに、火事になれば、茂兵衛たちだけでなく長屋の住人たちから大勢の犠牲者が出るだろう。

そのときだった。杉本たち三人の背後にいた茂兵衛の突きをくらった男が、

「後ろから来た！」

と、悲鳴のような声を上げた。

おときの家にいた柳村が、杉本たち四人の背後に近付いてきた。柳村は抜き身を手にし、杉本たちに迫ってくる。

「おのれ！」

叫びざま杉本が反転し、腰高障子から離れた。柳村を迎え撃とうとしている。

この様子を障子の裂け目から見ていた茂兵衛は、抜き身を手にしたまま土間に下り、腰高障子を大きくあけはなった。

茂兵衛につづいて、滝沢たち三人も土間に下りた。

すぐに、茂兵衛は抜き身を手にしたまま外に踏み出した。滝沢、青葉、川澄の三

人が、茂兵衛につづいた。

茂兵衛たち四人に柳村をくわえ、五人で杉本たち四人を取り囲むような格好になった。しかも、四人のうちのひとりは、負傷している。

「引け！　この場は、引け」

杉本が叫んだ。このまま斬り合ったら、返り討ちにあうとみたらしい。

四人は抜き身を手にして後じさり、茂兵衛たちの間隙《かんげき》をついて走りだした。茂兵衛たち五人は、杉本たちを追って走りだしたが、すぐに足がとまった。四人の逃げ足が速いこともあったが、長屋の住人の家に飛び込まれたら、犠牲者が出るとみたからである。それに、杉本たちが逃げたら、弥助が跡を尾けて行く先をつきとめることになっていたのだ。

6

おときの家の脇で、茂兵衛たちの闘いの様子を見ていた弥助は、

「あっしの出番のようだ」

とつぶやいて、家の脇から出た。

逃げる杉本たちの背が遠ざかると、弥助は小走りになった。先を行く杉本たち四人は、長屋の路地木戸から出ようとしていた。

弥助は杉本たちが路地木戸を出るのを待ってから、路地木戸に足をむけた。

弥助が路地木戸を出て路地の左右に目をやると、大川端の通りを川下にむかって足早に去っていく四人の後ろ姿が見えた。ひとりは傷を負っているらしく、歩くのも苦しそうだった。

弥助は四人の跡を尾け始めた。尾行は楽だった。まだ、大川端の道はちらほら人影があったし、杉本たちは一度振り返って尾行者を確かめた後は、背後を見ようとしなかったのだ。

四人の武士は、駒形町から諏訪町に入ってすぐ右手に折れ、路地をたどって奥州街道に出た。四人は、奥州街道を南にむかっていく。

弥助は、さらに四人との間をつめた。奥州街道は人通りが多く、行き交うひとにまぎれて、四人の武士が振り返っても気付かれる恐れがなかったからだ。

前方に浅草橋が見えてきた。この辺りは、茅町一丁目である。

浅草橋の近くまで来たとき、ひとりの武士が右手の路地に入った。残った三人は、そのまま浅草橋の方へ歩いていく。

……あいつは、杉本かもしれねえ。

と、弥助は思った。

権八から話を聞いたとき、杉本は浅草橋の近くの借家に住んでいると言っていたのだ。右手の路地に入った男は、住処に帰ったにちがいない。

前を行く三人は、浅草橋を渡っていく。

弥助は三人の跡を尾けた。

三人は浅草橋を渡って両国広小路に出ると、右手に折れて柳原通りの方へむかった。

弥助は三島屋から五人の賊の跡を尾けたとき、ふたりの武士が両国広小路に出た後、柳原通りへむかったことを思い出した。

弥助はそのときのふたりが、いま前を歩いている三人のうちのふたりであろうと思った。

両国広小路は賑わっていたが、柳原通りに出ると、急に人影がすくなくなった。

夕闇が濃くなったように感じられ、首筋を吹き抜ける風が妙に冷たかった。

三人の男は新シ橋《あたらしばし》のたもとを過ぎ、さらに西にむかって歩いていく。

弥助は三人の跡を尾けた。和泉橋《いずみばし》のたもとを過ぎて間もなく、前を行く三人は左手の通りに入った。

弥助は走った。三人の姿が見えなくなったのだ。

三人が入った通りの角まで来ると、通りの先に三人の後ろ姿が見えた。そこは、平永町《ひらながちょう》だった。三人は足早に西にむかっていく。

三人は平永町の町筋をしばらく歩いた後、左手に折れた。その辺りは、三島町《みしまちょう》である。三島町に入って間もなく、三人は路地沿いの仕舞屋に入った。板塀をめぐらせた借家ふうの家である。

……ここが、やつらの塒か。

弥助は足音を忍ばせて家の戸口に近寄り、聞き耳をたてた。

家のなかから、男たちのくぐもった声が聞こえた。どうやら、傷を負った男の手当てをしているようだ。

弥助はすぐにその場を離れた。急いで長屋にもどり、茂兵衛たちに三人の入った家を知らせようと思ったのだ。

弥助は、だいぶ夜が更けてから庄右衛門店に帰ってきた。茂兵衛の家には、まだ男たちが残っていた。茂兵衛と松之助の他に、柳村、滝沢、青葉、それに川澄の姿もあった。茂兵衛たちは、弥助がもどるのを待っていたのだ。

茂兵衛は弥助の顔を見るなり、

「杉本たちの隠れ家が、分かったか」

と、訊いた。柳村たちの目も、弥助にむけられている。

「へい、三人の居所が知れやした」

弥助は、浅草茅町で杉本らしい男が別れたことを話してから、他の三人が神田三島町の借家ふうの家に入ったことを言い添えた。

「家に入ると、すぐに傷の手当てを始めやした」

弥助が言い添えた。

「どうする」

滝沢が男たちに目をやって訊いた。

「日を置かない方がいいな。三人が家から出ないうちに、踏み込んで捕らえよう」

茂兵衛が言うと、男たちがうなずいた。

「松之助、明日はいっしょに行くぞ」

茂兵衛は傍らに座していた松之助に声をかけた。

岸崎と小柴は、松之助にとって父母の敵であった。敵を討つために、松之助は祖父の茂兵衛とともに江戸に出て、苦しい剣術の稽古をつづけていたのだ。

岸崎と小柴が三島町の家にいれば、茂兵衛は柳村の手も借りて、松之助とふたりで敵を討ちたいと思っていた。まだ、松之助の腕では岸崎たちと闘うのは無理だが、茂兵衛か柳村が斬撃をあびせた後なら、松之助も一太刀あびせることができるだろう。そのために、真剣での稽古をつづけていたのだ。

「はい」

松之助が、顔をひきしめて答えた。

茂兵衛たちはそのまま家で仮眠をとってから、翌朝まだ長屋の住人が寝静まっているときに庄右衛門店を出た。茂兵衛は、松之助に真剣を持たせて同道させた。

茂兵衛たちは奥州街道から両国広小路を経て、柳原通りに出た。そして、和泉橋のたもとを過ぎたとき、

「こっちでさァ」

と弥助が言って、左手の表通りに入った。さらに、通りをたどって三島町まで来た。すでに、明け六ツ（午前六時）を過ぎ、通りにはぽつぽつと人影があった。朝の早いぼてふりや早出の職人などが擦れ違っていく。

「この先で」

弥助は表通りから路地に入った。

弥助は路地をいっとき歩いてから、路傍に足をとめ、

「三人は、あの家に入《へえ》ったんでさァ」

そう言って、路地沿いの仕舞屋を指差した。板塀をめぐらせた借家ふうの家である。

「いるかな」

茂兵衛が言った。

「あっしが、見てきやす」

そう言い残し、弥助は足早に仕舞屋にむかった。

弥助は通行人を装って仕舞屋の戸口近くに身を寄せて歩き、家の前を通り過ぎると、踵を返してもどってきた。

「家に、だれかいやす」

弥助によると、家のなかで廊下を歩くような足音がしたという。

「よし、踏み込もう」

茂兵衛が男たちに声をかけた。

7

仕舞屋の戸口の板戸はしまっていた。

茂兵衛が板戸に身を寄せると、なかで障子をあけしめする音が聞こえた。だれかいるらしい。

「入るぞ」

茂兵衛は声を殺して言い、板戸を引いた。

戸は簡単にあいた。敷居の先に狭い土間があり、その奥が板間で、つづいて座敷になっていた。

座敷に男がひとり座していた。諸肌脱ぎで、左肩から右腋《わき》にかけて晒が分厚く巻いてあった。昨夕、茂兵衛の突きを障子越しにあびた男らしい。

咄嗟《とっさ》に、茂兵衛は座敷内に目を配ったが、男はひとりしかいなかった。

「おぬしら！」

男は悲鳴のような声を上げて、立ち上がろうとした。逃げようとしたのだ。

茂兵衛は抜刀し、素早い動きで板間に上がった。そして、逃げようとして反転した男の首筋に切っ先を突き付け、

「動くな！　首を落とすぞ」

と、声を上げた。

男は、その場につっ立った。茂兵衛や座敷に入ってきた滝沢たちを睨《にら》むように見すえたが、いっときすると観念したのか、その場に座り込んだ。

「こやつ、先手組の峰岸泰造《みねぎしたいぞう》だ」

川澄が声高に言った。

「峰岸、おぬしとここに来た岸崎と小柴はどうした」

すぐに、茂兵衛が訊いた。この座敷の他に、ひとのいる気配がなかったのだ。

「今朝、暗いうちに帰った」

「なに、帰ったと！」

思わず、茂兵衛の声が大きくなった。

「そうだ」

「岸崎と小柴の隠れ家は、どこだ」

茂兵衛は強い声で訊いた。

「知らぬ。岸崎どのたちは、隠れ家のことは話さぬ」

峰岸が顔をしかめて言った。

「岸崎たちは、ここまでおぬしといっしょに来たはずだ。隠れ家が、この近くにあるからではないか」

「鍛冶町と聞いたことがある」

「鍛冶町のどこだ」

「おれは、聞いてない」

「うぬ……」

茂兵衛は顔をしかめた。神田鍛冶町は、中山道沿いにひろがっている。大きな町で、住民も多い。鍛冶町と分かっても、つきとめるのはむずかしいだろう。

「峰岸、杉本たちが国元で何をして江戸に逃げてきたのか知っているのか」

茂兵衛に代わって、川澄が訊いた。

「ま、松岡さまを、斬ったことは知っている」

峰岸の声が震えた。

「知っての上で、味方にくわわったのか」

川澄につづいて、滝沢が訊いた。

「杉本どのには、国元にいるとき世話になったので、仕方なく……」

峰岸が肩を落として言った。

「先手組のときに、世話になったのか」

「ち、ちがう」

「どこで、世話になったのだ」

「道場だ。……杉本どのは、兄弟子だ」

「雲仙流か」

「そうだ。江戸へ出るまで、ずっと世話になっていた」

「おぬしは、江戸詰めになってから長くないのか」

「まだ、二年ほどだ」

「国元にいるとき、世話になったとはいえ、杉本と倉森は物頭の松岡さまを斬って出府したのだぞ」

　滝沢が語気を強くして言った。

「それは知っている」

　峰岸の顔に、苦悶《くもん》の表情が浮いた。

「杉本たちは酒に酔い、我を失って、松岡さまを手にかけたとの話があるが、そうではあるまい。我を失うほど酩酊《めいてい》している者が、上司を斬り殺し、酒席にいた者たちの手から逃げられるはずがない。しかも、杉本と倉森はその後の追っ手からも逃れ、こうして江戸に来ているのだぞ」

　滝沢が強い口調で言った。

　峰岸は顔をしかめて口をとじている。

「おれと青葉は、上意により、杉本と倉森を討つために江戸に来た。だが、ふたりを討つ前に、われらは目付として、なにゆえ杉本と倉森は、物頭の松岡さまを斬ったのか、その理由《わけ》を知りたい」

滝沢が峰岸を見すえて訊いた。その双眸には、刺すような強いひかりが宿っていた。目付らしい凄《すご》みのある顔である。

「そ、それは、同じ物頭の坂東《ばんどう》さまのためだと……」

峰岸が声を震わせて言った。顔が血の気を失い、体が顫えだした。

「坂東康之助《やすのすけ》どのか」

「そうだ」

「確か、坂東どのも雲仙流だったな」

滝沢が、思い出したように言った。

「坂東さまが、雲仙流道場の師範代をしていたころ、杉本どのと倉森どのは弟子として、稽古をつけてもらったらしい」

「杉本と倉森は、坂東どのに頼まれて松岡さまを斬ったのか」

滝沢が訊いた。

「頼まれたかどうかは知らないが、杉本どのが坂東さまのために、松岡さまを斬ったのはまちがいない」

「坂東どのは、松岡さまに恨みでもあったのか」

滝沢は腑に落ちないような顔をした。

「杉本どのは、年寄に栄進するためらしい、と言っていたが……」

峰岸が語尾を濁した。はっきりしないらしい。

「年寄になるためだと」

滝沢の声が大きくなった。

亀沢藩の場合、年寄は家老に次ぐ重職だった。年寄になれば、藩政の中核をなす家老の座も遠くない。

「おれは、くわしいことは知らないが、年寄の横田《よこた》さまが隠居されるので、その後《あと》釜《がま》ではないかと聞いている」

「そういえば、国元にいるとき、横田さまが老齢のため隠居されるという噂を耳にしたことがあるな」

そう言って、滝沢はいっとき黙考していたが、

「そうか。読めたぞ」

と、声を上げ、さらにつづけた。

「国元の重職の間で、横田さまの後釜に、先手組の物頭の松岡さまと坂東どののどちらかを推挙するとの話があったのではないか。……そこで、坂東どのは、松岡さまの配下の杉本と倉森を使い、酒席で松岡さまを殺させたのだ」

「なぜ、坂東は己の配下でなく、松岡どのの配下を使ったのだ」

茂兵衛が腑に落ちないような顔をして訊いた。

「松岡さまの配下を使えば、己に疑いがかけられないからです。それに、杉本と倉森は道場の弟弟子だったので、坂東どのの命に従う。おそらく、坂東どのはふたりに相応の報酬《ほうしゅう》を約束したのでしょう」

滝沢の声には、断定するようなひびきがあった。

「そうかもしれん」

茂兵衛も納得した。

「これで、杉本と倉森が、なぜ松岡さまを斬ったのかはっきりしました」

滝沢が言うと、脇で聞いていた配下の青葉がうなずいた。

「これで、心置きなく杉本を斬れるわけだな」

「いかさま」

滝沢が茂兵衛にうなずいた。

第五章　上意討ち

1

「松之助、斬れ！」

茂兵衛が声をかけた。

「はい！」

松之助は、空き地に立ててある細い青竹にむかって大きく踏み込み、エイッ！と鋭い気合を発して、斬り込んだ。

バサッ、と音がし、立ててある青竹が二つに斬り割られ、上の部分が落ちた。竹の切り口は細い楕円形になっている。

「いいぞ。今度は間合を遠くとり、摺り足で間合を寄せて斬れ」

そう言って、茂兵衛は新たな青竹を空き地に立てた。

松之助は青竹から四間ほど離れ、刀を青眼に構えた。

「この竹を岸崎と見て、斬り込むのだぞ」

茂兵衛が言った。

「はい」

松之助は、青眼に構えた刀の切っ先を青竹にむけた。口を引き結び、青竹を睨むように見すえている。

「斬れ！」

茂兵衛の声で、松之助が仕掛けた。

摺り足で青竹に迫り、一足一刀の間合に踏み込むと、
エイッ！

と、鋭い気合とともに斬り込んだ。

袈裟へ——。

閃光がはしった次の瞬間、パサッ、と軽い音がし、刀で斬られた青竹の上の部分が地面に落ちた。

……これなら、ひとも斬れる！

と、茂兵衛は思ったが、

「まだだ」

そう、声をかけた。相手は岸崎と小柴である。ただ、立っている相手を斬るわけではない。

松之助が、もう一度真剣を構えようとしたときだった。空き地に近付いてくる足音が聞こえ、弥助が姿を見せた。

「稽古ですかい」

弥助が松之助に目をやって言った。

「いつ、岸崎たちと立ち合うことになるか、分からんからな」

茂兵衛が言った。

「伊丹の旦那がついていれば、どんな相手でも、何とかなりまさァ」

「それより、これから茅町に行くのだな」

茂兵衛が念を押すように訊いた。

今日、茂兵衛は弥助とふたりで茅町に出かけ、滝沢たちといっしょに杉本の隠れ家を探すことになっていたのだ。滝沢たちは、浅草橋のたもとで茂兵衛たちを待っているはずである。

「行きやすか」

弥助が訊いた。

「松之助、いっしょに行くか」

杉本が隠れ家にいれば、滝沢と青葉は上意の任を果たすために杉本を討つことになるだろう。茂兵衛は、そうした真剣勝負の場を松之助に体験させてやりたかったのである。

「はい」

松之助は、声高に答えた。

茂兵衛、松之助、弥助の三人は空き地を後にし、大川端沿いの道から奥州街道に出て南にむかった。

浅草橋のたもとは賑わっていた。様々な身分の老若男女が行き交っている。旅人や浅草寺《せんそうじ》の参詣客などが多いようだ。

「旦那、あそこに」

弥助が神田川の岸近くを指差した。

滝沢と青葉が立っていた。ふたりは茂兵衛たちの姿を目にすると、足早に近寄ってきた。

「松之助も、連れてきた」

茂兵衛はそれだけ言った。

滝沢と青葉は茂兵衛の胸の内が分かったらしく、何も訊かずにうなずいた。

「やつは、そこの路地へ《へえ》入りやした」

弥助が右手の路地を指差した。

笠屋と下駄屋の間にある細い路地だった。笠屋は旅人相手の店らしく、菅笠《すげがさ》や綱代笠の他に合羽《カッパ》も売っていた。

茂兵衛たちは、路地に入った。路地は縄暖簾を出した飲み屋や一膳めし屋などの飲み食いできる店が多かったが、八百屋や舂米屋《つきごめや》など土地の住人相手の店もあった。

茂兵衛たちは路地の左右に目をやりながら歩いたが、杉本の住処と思われるような家屋はなかった。

「土地の者に訊いてみやすか」

歩きながら、弥助が言った。

「そうだな」

茂兵衛も、訊いた方が早いと思った。

「あそこに、漬物屋《つけものや》がありやす」

弥助が路地の先を指差した。

小体な漬物屋だった。店先に、長屋の住人と思われるすこし腰の曲がった女が立っていた。客らしい。漬物を買いにきたらしく丼を手にしている。

「わしが、訊いてみる」

茂兵衛は足早に女に近寄った。

「ちと、訊きたいことがあるのだが」

茂兵衛が女に声をかけた。

女は丼を手にしたまま、驚いたような顔をして茂兵衛を見たが、

「な、何ですか」

と、声を震わせて訊いた。怯《おび》えているようだ。

「いや、たいしたことではない。わしの知り合いが、この近くに住んでいてな、訪

ねてまいったのだ」

茂兵衛が笑みを浮かべて言った。

「そうですか」

女の顔がやわらいだ。茂兵衛の穏やかな顔を見て、安心したらしい。

「武士がひとりで住んでいる家を知らないか。借家だと、思うが」

「お侍さまが住んでる家なら、この先にありますよ」

女が、二町ほど歩くと、路地沿いに板塀をめぐらせた家があり、そこに武士が住んでいることを話した。

「独り暮らしかな」

茂兵衛が訊いた。

「独りのようですが……」

女は首をひねった。はっきりしないのだろう。

「手間をとらせたな」

茂兵衛は、女に礼を言って八百屋の店先から離れた。

2

茂兵衛たちが二町ほど行くと、路地沿いに板塀をめぐらせた仕舞屋があった。妾《しょう》宅《たく》を思わせるような家で、路地沿いに吹き抜け門があった。門といっても、丸太を二本立てただけの簡素なものである。

「あれだな」

茂兵衛は、路傍に足をとめた。

「杉本はいるかな」

滝沢が仕舞屋に目をやって言った。

「近付いてみるか」

茂兵衛たちは通行人を装い、仕舞屋にむかった。茂兵衛は門の前ですこし歩調を緩めて聞き耳をたてた。

……だれかいる！

家のなかで、物音がした。廊下を歩くような音である。

茂兵衛たちは立ち止まらず、そのまま通り過ぎた。そして、半町ほど歩いてから路傍に足をとめた。

茂兵衛につづいて弥助と松之助が足をとめ、すこし後れて滝沢たち三人が近付いてきた。

「足音がしたぞ」

茂兵衛が言った。

「障子をあけるような音が聞こえました」

松之助が昂った声で言った。

「杉本は家にいるようだ」

と、弥助。

「ここで、杉本を討つか」

茂兵衛が、念を押すように滝沢に訊いた。

「そのつもりで来ました」

滝沢が言うと、そばにいた青葉と川澄がうなずいた。三人は闘う気になっているらしく、顔が紅潮し、全身に闘気が漲っていた。

「わしらも、手を貸す」

茂兵衛が、滝沢たちに目をやって言った。

その場で茂兵衛たちは相談し、杉本を戸口まで連れ出して討つことにした。狭い家のなかで斬り合うと、思わぬ不覚をとることがある。幸い、戸口と門との間に、立ち合えるだけの空き地があった。

「あっしが、家から連れ出しやしょう」

弥助が目をひからせて言った。

茂兵衛たちは路地を引き返し、杉本の住む家にむかった。

吹き抜け門の近くまで来ると、弥助は懐から手ぬぐいを出して頰《ほ》っかむりをした。どこかで、杉本に顔を見られているかもしれないので、念のために顔を隠したのである。

茂兵衛たちは足音を忍ばせて、家の戸口に近付いた。

戸口の板戸は、しまっていた。家のなかから、かすかに床板を踏むような音が聞こえた。

「入《へえ》りやす」

弥助は口だけ動かしてそう言うと、いきなり板戸を引いた。

重い音をたてて、板戸があいた。家のなかは、薄暗かった。土間の先が、すぐに座敷になっている。

座敷に人影があった。武士らしいことは分かったが、薄暗い座敷に立っているせいで顔もはっきりしない。

「だれだ」

と、座敷にいた男が訊いた。

「御免なすって」

弥助は声をかけ、土間に入った。

座敷のなかほどに、杉本が立っていた。小袖に角帯姿である。座敷で、くつろいでいたようだ。

「なんだ、おまえは」

杉本の声には、詰《なじ》るようなひびきがあった。

「岸崎の旦那に、頼まれやしてね」

弥助が、岸崎の名を出した。

「岸崎どのだと」

杉本の顔に、戸惑うような色が浮いた。いきなり、水知らずの男が岸崎の名を出したからだろう。

「旦那を呼んでくるように、頼まれたんでさァ」

さらに、弥助が言った。

「岸崎どのは、どこにいるのだ」

「柳橋《やなぎばし》の料理屋でさァ」

この辺りから、柳橋は近かった。柳橋は料理屋や料理茶屋が多くあることで、知られている。

「どういうことだ」

杉本は首をひねった。

「あっしは、岸崎の旦那に、杉本の旦那をお連れするよう言われただけで、用件は分からねえ」

「ともかく、行ってみるか」

杉本は弥助に、そこで待て、と声をかけ、障子をあけて奥の間に入った。いっときすると、杉本がもどってきた。羽織袴姿で、大小を帯びている。

「案内してくれ」

「へい」

弥助は先に土間から出て、戸口に立った。

杉本は土間に下りると、すぐに外に出た。そして、弥助につづいて木戸門の方へ歩きだした。

そのとき、戸口の脇に身を潜めていた滝沢、青葉、川澄の三人が走り出た。三人とも、襷《たすき》で両袖を絞り、袴の股だちを取っていた。弥助が杉本を引き出す間に、支度をしていたらしい。

杉本は驚愕《きょうがく》に目を剝いて、その場につっ立った。

「杉本吉之助、上意により、おぬしを討つ！」

滝沢が声を上げた。

青葉が杉本の左手に、川澄が右手にまわり込んだ。すでに、ふたりは抜き身を引っ提げている。

茂兵衛と松之助は、家の脇にいた。茂兵衛は袴の股だちだけを取り、滝沢たちに目をやっていた。闘いの様子をみて、滝沢たちに加勢するつもりである。

3

「おのれ！　こうなったら、皆殺しにしてくれる」

杉本が抜刀した。目がつり上がり、興奮と怒りで体が顫えている。

「杉本、覚悟！」

滝沢は青眼に構え、切っ先を杉本にむけた。腰の据わった構えである。

対する杉本は、八相にとった。大きな構えだが、刀身が揺れていた。気が昂り、腰が浮いているためらしい。

杉本は雲仙流の遣い手だったが、突然滝沢たちに切っ先をむけられ、動揺しているようだ。

川澄と青葉は、ふたりとも青眼に構えた。剣尖を杉本の目線のあたりにつけている。いずれも相応の遣い手らしく、構えに隙がなかった。

……滝沢どのたちが、後れをとることはない。

と、茂兵衛は見た。

「いくぞ！」

滝沢が声を上げ、爪先で地面を擦るようにしてジリジリと間合をつめ始めた。

対する杉本は、動かなかった。八相に構えたまま、滝沢の動きを見つめていた。

全身に気勢が満ち、斬撃の気配が高まっている。

ふいに、滝沢の寄り身がとまった。一足一刀の斬撃の間境まで、あと一歩の間合である。滝沢は、このまま斬撃の間境を越えるのは危険だと察知したらしい。

イヤアッ！

突如、滝沢が裂帛の気合を発した。気合で、杉本を動揺させようとしたのだ。

ビクン、と杉本の体が揺れ、八相の構えがくずれた。

この一瞬の隙を、滝沢がとらえた。

踏み込みざま、袈裟へ——。

刹那《せつな》、杉本も八相から袈裟へ斬り下ろした。

だが、滝沢の方が迅《はや》かった。

滝沢の切っ先が、杉本の左の肩先をとらえ、杉本の切っ先は空を切った。

次の瞬間、ふたりは背後に大きく跳んだ。

そのとき、杉本の左手にいた青葉が、
タアッ！

と、気合を発し、斬り込んだ。杉本の体勢がくずれて生じた隙をとらえたのである。

青眼から、袈裟へ――。

ザクリ、と杉本の左袖が裂けた。あらわになった左肩から二の腕にかけて血の線が走り、血が噴いた。

杉本は後ろによろめいた。そして、戸口の板戸に背が付くと、目をつり上げ、ハア、ハアと荒い息をついた。杉本の左袖が、血に染まっている。

「杉本、刀を下ろせ」

滝沢が声をかけた。

「おのれ！」

叫びざま、杉本がいきなり斬り込んできた。

刀を振り上げざま、真っ向へ。

体ごとぶち当たるような捨て身の斬撃だった。

咄嗟に、滝沢は右手に跳んだが、一瞬後れた。

滝沢の小袖が左肩から胸にかけて裂け、あらわになった肌から血が流れ出た。滝沢は前に泳いだが、足をとめると、反転して切っ先を杉本にむけた。それほど深い傷ではないらしい。

滝沢が斬られたのを見た青葉が、杉本の背後から踏み込み、袈裟に斬り下ろした。すばやい太刀捌きである。

青葉の切っ先が、杉本の肩から背にかけて斬り裂いた。赤くひらいた傷口から、血が奔騰《ほんとう》した。深い傷である。

杉本はよろめき、足がとまると、その場にへたり込んだ。荒い息をついている。上半身が血塗《ちまみ》れである。

滝沢、青葉、川澄の三人が、杉本を取り囲んだ。すぐに、茂兵衛も走り寄った。茂兵衛には、杉本から訊きたいことがあったのだ。

杉本は、苦しげに顔をゆがめている。

……長くない！

と、茂兵衛はみてとり、

「杉本、岸崎と小柴は、どこにいる」

声高に訊いた。

杉本は顔をしかめただけで何も言わなかった。

「杉本、しっかりしろ！　わしが、手当してやる。それとも、この場で屍《しかばね》を晒すか」

「…………！」

杉本が顔を上げて、茂兵衛を見た。目に縋《すが》るような色があった。このままでは、助からないと察知したのかもしれない。

「岸崎と小柴は、どこにいる」

茂兵衛は同じことを訊いた。

「か、鍛冶町だ」

杉本が声をつまらせて言った。苦しげに、顔がゆがんでいる。

「鍛冶町のどこだ」

すでに、茂兵衛は岸崎と小柴の住処は鍛冶町にあると知っていた。峰岸を訊問したとき、そのことを聞いたのである。ただ、鍛治町はひろく、何か目印になるものでもないと探しようがない。

「な、鍋町《なべちょう》の近くだ」

鍋町は、鍛治町の北側に隣接している。

「近くに、目印になる物はないか」

さらに、茂兵衛が訊いた。

杉本は苦しげに顔をゆがめていたが、

「い、一膳めし屋が、近くに……」

と、絞り出すように言った後、グッと喉のつまったような呻き声を上げて、体を硬直させた。

ふいに、杉本はぐったりし、頭を垂れたまま動かなくなった。息の音が聞こえない。

「死んだ……」

茂兵衛が小声で言った。

茂兵衛たちは、杉本の骸《むくろ》を家まで運んだ。路傍に晒しておきたくなかったのである。

「藩邸にもどり、鳴海さまにお話しして、杉本を葬ってやります」

滝沢が言った。

4

「伊丹の旦那、鍛冶町に行きやすか」

弥助が訊いた。

「行く」

茂兵衛は、日を置かずに岸崎と小柴の居所をつきとめ、松之助とともに敵を討つつもりでいた。

まだ、陽は頭上にあった。鍛冶町に出かけ、岸崎たちの住処をつきとめる時間はあるだろう。

「わたしも、行きます」

滝沢が言うと、青葉と川澄もうなずいた。

茂兵衛たちは来た道を引き返し、浅草橋のたもとに出た。浅草橋は渡らずに、神田川沿いの道を西にむかい、和泉橋を渡った。そして、岩井町《いわいちょう》の町筋をたどり、平永町を経て神田鍋町に入った。

「鍛冶町まで行ってみるか」

茂兵衛たちはいったん中山道に出て、日本橋の方へむかった。そして、鍋町と鍛冶町の境近くまで来て足をとめた。

「この辺りの、はずだが」

茂兵衛が街道の左右に目をやった。

街道沿いには、土蔵造りの大店が並んでいた。借家や一膳めし屋など、ありそうもなかった。

「路地に入ってみるか」

茂兵衛たちは、借家や一膳めし屋がありそうな路地に入った。この辺りは、鍛冶町である。

茂兵衛たちは路地を歩きながら、通りかかった近所の住人らしい者に、武士の住む借家はないか訊いたが、知る者はいなかった。

路地で目についた大きな酒屋の前まで来ると、

「どうだ、手分けして探さないか」

と、茂兵衛が声をかけ、半刻（一時間）ほどしたら、またこの場にもどることにして別れた。

茂兵衛は松之助とふたりで路地を歩き、まず一膳めし屋を探した。一膳めし屋はあったが、近くに借家はなかった。ふたりは、半刻ほど歩きまわって探したが、岸崎たちの住む借家は見つからなかった。

酒屋の前まで来ると、弥助と滝沢の姿があった。

「どうだ、岸崎たちの住処は見つかったか」

茂兵衛が訊いた。

「駄目です。見つかりません」

滝沢が言うと、

「あっしも」

弥助が首をすくめた。

「わしらも、駄目だった」

茂兵衛がそう言ったとき、路地の先に川澄と青葉の姿が見えた。ふたりは、小走りに茂兵衛たちのそばに来ると、

「見つかりました」

と、青葉が声高に言った。

「見つかったか！」

思わず、茂兵衛が声を上げた。

「行ってみますか」

川澄が言った。どうやら、川澄と青葉はいっしょに行って、岸崎たちの住処を突きとめたらしい。

「行こう」

「こっちです」

青葉が先にたった。

青葉は路地を一町ほど行った後、左手にあった細い路地に入った。縄暖簾を出した飲み屋やそば屋など飲み食いできる店が目についた。細い路地だが、人通りは思ったより多かった。中山道が近いせいか、付近の住人らしい者たちのなかに旅人ら

しい男の姿もあった。

青葉は一町ほど歩いたところで足をとめ、

「その家です」

と言って、斜向《はすむ》かいにある仕舞屋を指差した。借家ふうの古い家だった。向かいに一膳めし屋がある。

「岸崎と小柴は、ここに住んでいるようです」

青葉が、一膳めし屋に立ち寄って確かめたことを話した。

「いるかな」

茂兵衛が言うと、

「留守のようだったが……」

川澄がつぶやいて、首をひねった。はっきりしないようだ。

「近付いてみるか」

茂兵衛たちはすこし離れて歩き、通行人を装って、岸崎たちの住む家の前を通った。

茂兵衛たちは、戸口に身を寄せただけで足をとめなかった。そのまま通り過ぎ、家から離れたところで路傍に足をとめた。

「留守のようだな」

茂兵衛が言った。家のなかから物音が聞こえなかっただけでなく、ひとのいる気配もなかったのだ。

「どうします」

滝沢が訊いた。

「ともかく、今日は引き上げよう」

茂兵衛は、この場で岸崎たちがもどるのを待つ手もあるが、六人もで張り込むことはないだろうと思った。

茂兵衛たちは路地を出て、中山道沿いにもどってからそば屋を見つけて入った。今日は、昼めしも食わずに歩きまわったので、腹が減っていたのだ。

茂兵衛はとどいたそばを手繰りながら、

「岸崎と小柴は、わしと松之助の手で討ちたい。わしらは敵を討つために、江戸に来たのだからな」

そう話した。

「心得ています。ですが、われらにも、助太刀させてください」

滝沢が言うと、青葉と川澄もうなずいた。

5

その日、茂兵衛と松之助は、遅くなって庄右衛門店にもどった。

「爺さま、明かりが点いてます」

松太郎が指差した。

茂兵衛たちの家に明かりが点っていた。だれか、いるらしい。

「だれかな」

茂兵衛と松太郎は足を速めた。

戸口近くまで行くと、家のなかから話し声が聞こえた。男と女の声である。

「おときさんだ」

松之助が言った。

「男は柳村だな」

茂兵衛は、男の声にも聞き覚えがあった。それにしても、いまごろ柳村が茂兵衛たちの家にいるのは、どうしたことだろう。

松之助が腰高障子をあけた。

おときと柳村は、上がり框に腰を下ろして話していた。座敷の隅に置いてあった行灯に火が点っている。おときが、火を点したのだろう。

「旦那、待ってたんですよ」

おときが、茂兵衛の顔を見るなり声を上げた。

「どうしたのだ」

茂兵衛は松之助と土間に入った。

「大変なんですよ。仙太《せんた》さんが、お侍に脅されて、怪我をしたんです」

おときが、目を剝いてしゃべった。

仙太は、長屋に住む左官だった。年老いた母親とふたりで住んでいる。長屋では、孝行息子として知られていた。

「仙太がな」

茂兵衛は、自分とはかかわりがないような気がした。

茂兵衛と松之助は土間に立ったまま、おときと柳村に目をやった。

「仙太さん、路地木戸の近くで旦那と松之助さんのことを訊かれたらしいんです」

おときが言った。

「わしらのことだと」

茂兵衛の声が大きくなった。

「旦那と松之助さんの名を口にして、長屋にいるかどうか訊いたようですよ」

「それでどうした」

「仙太さん、知らないって答えて、そのまま通り過ぎようとしたら、いきなり殴りつけられたらしいんです」

「殴られただけか」

茂兵衛は、自分たちの揉め事に巻き込まれて仙太が大怪我でもしたら申し訳ない、と思った。

「目の上にたんこぶができて、家でおくらさんに冷やしてもらってるようですよ」

「そうか」

いずれにしろ、たいしたことがなくてよかった、と茂兵衛は思った。

そのとき、黙って茂兵衛とおときのやり取りを聞いていた柳村が、

「そのふたり、おれも見かけた」

と、ぼそりと言った。

「どこで、見た」

「大川端でな。……福多屋から出てきた男をつかまえて、何か訊いていたぞ」

柳村はそう言った後、さらにつづけた。

「そのふたり、三島屋に押し入った賊のなかにいたような気がする」

「なに、押し込みのなかにいただと」

思わず、茂兵衛の声が大きくなった。

茂兵衛の脳裏を、岸崎と小柴のことがよぎった。三島屋に押し入った三人の武士のなかで、残っているのは岸崎と小柴である。

「ふたりは、岸崎と小柴とみた」

柳村が低い声で言った。柳村も、岸崎と小柴のことは知っていた。

「それから、岸崎たちはどうした」

「この長屋にむかったようだ。……仙太が殴られたのは、その後らしい」

柳村が、それで、伊丹どのに話しておこうと思って来たのだ、と言い添えた。

「そのふたり、旦那と松之助さんを襲うつもりじゃないですかね」

おときが、心配そうな顔をして訊いた。

「そんなことはあるまいが、用心しよう」

茂兵衛はそう言った後、

「長屋のみんなに、心配しないよう言ってくれ。そのふたりも、姿を見せないようになるはずだ」

と、おときに話した。

そうは言ったが、茂兵衛の胸の内には、岸崎たちは茂兵衛と松之助を斬るまで、長屋に姿を見せるのではないかという懸念があった。

おときは心配そうな顔で上がり框に腰を下ろしていたが、

「そうだといいんですけど……」

と、つぶやいて立ち上がると、明日の朝、握りめしを持ってきますからね、と言い残し、戸口から出ていった。

おときは、茂兵衛たちが、明朝、めしを食わずに長屋を出る、と思ったようだ。

「おしゃべりだが、気立てのいい女だな」

柳村が、おときが出ていった戸口に目をやって言った。

「柳村、何か話があるのか」

茂兵衛が訊いた。柳村は何か話があって、おときが家から出るのを待っていたらしい。

「富蔵から、明日にも顔を出してくれ、と言われて来たのだ」

柳村が言った。

「何かあったかな」

「いや、三島屋のことらしい。勝兵衛から何か話があったようだ」

「三島屋は、始末がついたはずだがな」

茂兵衛たちは三島屋を襲った杉本たち一味を追い払った後、数日して柳村とふたりで三島屋に行き、

「今後、押し込み一味が、三島屋を狙うことはあるまい」

と話し、翌日から三島屋で寝泊まりすることをやめたのだ。

「その後、何もないので、勝兵衛も安心したのではないかな。それで、福多屋に礼

を言いに来たようだぞ」

柳村が腰を上げた。

「ともかく、行ってみるか」

茂兵衛も、その後の三島屋の様子を知りたかった。

6

明朝、茂兵衛は、おときが届けてくれた握りめしを松之助とふたりで食った。その後、松之助の世話をおときに頼んでから、柳村の住む借家に立ち寄り、ふたりで三島屋にむかった。

茂兵衛が松之助を長屋に残したのは、裏稼業に松之助をかかわらせたくなかったからである。

福多屋の腰高障子をあけると、帳場にいる富蔵の姿が見えた。富蔵は帳場机を前にして算盤《そろばん》を弾いていた。

富蔵は顔を上げて茂兵衛たちを目にすると、

「お待ちしてましたよ」

と言って、すぐに立ち上がった。

富蔵は、茂兵衛たちを帳場の奥の小座敷に案内した。そして、奥にいる女房のおさよに茶を頼んできてから、あたらめて茂兵衛たちの前に腰を下ろした。

「三島屋から、何か話があったようだな」

茂兵衛が訊いた。

「はい、一昨日、勝兵衛さんがここに見えましてね。いろいろ話して、帰られたんですよ」

富蔵が笑みを浮かべて言った。

恵比須を思わせるような顔が、笑うといっそうふくよかになり、まさに七福神と話しているような気にさせる。

「どんな話だ」

茂兵衛が訊いた。

「お礼に見えたんです」

富蔵は己の胸に手を当てて、お礼をいただきました、と小声で言い添えた。もらったのは、金らしい。

「その後、三島屋は何事もなく商売をつづけているのだな」

茂兵衛が念を押すように訊いた。

「はい、勝兵衛さんは、旦那たちが押し込みを追い払ってくれたお蔭で、安心して商売をつづけられるようになったと喜んでいましたよ」

「それはよかった」

茂兵衛も、これからは盗賊の心配をすることはないと思っていた。すでに、盗賊で残るのは、岸崎と小柴のふたりだけだった。そのふたりも、盗賊をつづける気などないはずである。

「それで、いただいたお礼を、お分けしようと思いましてね。おふたりに、来ていただいたんですよ」

富蔵は懐から袱紗包みを取り出した。

そのとき、廊下を歩く音がし、小座敷の障子があいた。

富蔵は慌てて袱紗包みを懐につっ込んだ。姿を見せたのは、おさよだった。おさよは、湯飲みを載せた盆を手にしていた。茂兵衛たちに茶を淹れてくれたらしい。

おさよは、茂兵衛たち三人の膝先に湯飲みを置くと、

「何かあったら、声をかけてくださいね」

と、言い残し、座敷から出ていった。いつもそうだが、おさよは茂兵衛たちがいるときは、腰を落ち着けずに、すぐに座敷から出ていく。話の邪魔をしないように気を遣っているようだ。

おさよが座敷から出ていった後、茂兵衛たちはいっとき茶を喫した後、

「では、お渡しします」

そう言って、富蔵があらためて懐から袱紗包みを取り出した。

「百両ございます」

富蔵が笑みを浮かべて話をつづけた。

「伊丹さまと柳村さまに三十両ずつ受け取っていただき、てまえと弥助は二十両ずつということにしていただけますか」

「それでいい」

茂兵衛が言うと、柳村もうなずいた。

富蔵はともかく、此度の件は弥助の働きが大きかったので、茂兵衛は四等分でも

いいと思ったのだ。

「では、お分けします」

富蔵は、切餅の紙を破り、一分銀を三十両分、茂兵衛と柳村の膝先に置いた。

茂兵衛と柳村が分け前を財布にしまい、冷めた茶をあらためてすすったときだった。

帳場の方で、「伊丹の旦那！　いやすか」と呼ぶ声が聞こえた。その声に、慌てているようなひびきがあった。

「弥助さんですよ」

富蔵が、腰を上げた。

「行ってみよう」

茂兵衛も立ち上がり、柳村もつづいた。

帳場の前に弥助が立っていた。ひどく慌てている。店まで走ってきたらしく額に汗が浮き、息が荒かった。

「旦那、長屋に！」

弥助が、茂兵衛の顔を見るなり声を上げた。

「長屋がどうした」

「二本差しがふたり、押し込んできたそうでさァ」

「なに！　押し込んできたと」

茂兵衛の胸を、岸崎と小柴のことがよぎった。

「すぐ行く」

茂兵衛は急いで戸口にむかった。

「おれも行く」

柳村がつづいた。

弥助も柳村の後についてきた。

茂兵衛、柳村、弥助の三人は、大川端の道を庄右衛門店にむかって走った。すこし走ると、茂兵衛の息が上がってきた。歳のせいである。それでも、茂兵衛は懸命に走った。松之助の命が危ういと思ったのである。

茂兵衛たちが庄右衛門店の木戸門のところまで来ると、女たちの声が聞こえた。井戸端に何人か集まっているようだ。その声に、うわずったようなひびきがあった。押し入ってきた者たちのことを話しているらしい。

7

茂兵衛、柳村、弥助の三人は、井戸端に集まっている女たちのそばに駆け寄った。五人いた。おはつをはじめ、いずれも見知った長屋の女房たちである。ただ、おときの顔はなかった。

おはつが茂兵衛の顔を見るなり、

「い、伊丹の旦那、大変だよ」

と、声をつまらせて言った。そばにいる女房たちの顔にも不安そうな色があった。体が顫えている者もいる。

「どうした」

「お侍が、ふたり押し込んできたんだよ」

おはつが言った。

「いまも、いるのか」

それにしては、長屋が静かだった。ふだんは、女房たちの話し声や子供たちの遊ぶ声が聞こえるのが、静まりかえっている。それに、井戸端におはつたちが集まっているのも、腑に落ちなかった。

「長屋から出ていったようだよ」

おくらという屋根葺《やねふ》きの女房が言った。おくらは、樽《たる》のようにでっぷり太っている。

「長屋にいないのか」

茂兵衛が訊いた。

「出ていったけど、旦那の家に押し入ったようだよ」

おはつが、目を剝いて言った。

「わしの家に、押し入ったのか」

「だから、あたしたち心配でさ」

どうやら、この場に集まっているおはつたちは、松之助のことを心配してくれているようだ。

「ともかく、おときの家に行ってみよう」

茂兵衛も、松之助が心配だった。おときに預けてあるが、岸崎たちにおときの家に踏み込まれたら、松之助の命はないだろう。

茂兵衛は、おときの家に走った。柳村と弥助が、つづいた。おはつたち女房連中もついてきた。

おときの家の腰高障子は、しまっていた。ひっそりとして、話し声も物音も聞こえなかった。

茂兵衛は腰高障子をあけた。

土間の先の薄暗い座敷に人影があった。おときと松之助である。

「松之助！」

茂兵衛が声を上げた。

「爺さま！」

「伊丹の旦那！」

松之助とおときが声を上げ、茂兵衛のそばに近付いてきた。ふたりの顔に、安堵《あんど》の色がある。

「無事か」

茂兵衛は、ふたりの体に目をやった。ふたりとも、着物がすこし乱れていたが、怪我をした様子はなかった。

「お、お侍がふたり、押し入ってきて」

おときが、声を震わせて言うと、

「岸崎と小柴かもしれません」

松之助が目をつり上げて声高に言った。

「ここにも、来たのか」

それにしては、ふたりとも変わった様子もなく、家を荒らされた気配もなかった。

「き、来ました」

おときが言った。

「松之助に手を出さなかったのか」

岸崎たちが松之助を目にして、何もせずに出ていくとは思えなかった。

「隠れていました」

松之助が言った。松之助は賊が入ってくる前、座敷の隅にある枕屏風《まくらびょうぶ》の陰に身を隠していたという。

「あたしがね、旦那のところにふたりが押し込んだの見て、松之助さんに隠れるように言ったんですよ」

おときは、そのときのことを思い出したのか声が震え、顔がこわばっていた。

「おときの機転で、助かったようだ」

茂兵衛は、ほっとした。岸崎たちが、ここに松之助がいることを知ったら、松之助の命はなかっただろう。

「家にもどってみるか」

茂兵衛は、岸崎たちに家を荒らされたのではないかと思った。

茂兵衛たちにつづいて、松之助とおとき、さらにおはつたち女房連中がついてきた。家に近付くと腰高障子が破れているのが見えた。刀で斬られたらしい。

茂兵衛たちは、腰高障子をあけて土間に入った。

「これは、ひどい！」

思わず、茂兵衛が声を上げた。

家のなかは、ひどく荒らされていた。枕屏風はひっくり返り、座敷の隅に畳んであった布団は放り出されていた。座敷の隅に置いてあった長持ちのなかも荒らされ、ふたりの着物が座敷に放り出されている。

「まるで、盗人が入ったようですぜ」

弥助があきれたような顔をした。

「何か、探したようだ」

柳村が言った。

「金だろうな」

岸崎たちは、茂兵衛たちが三島屋の警備にあたっていたことを承知していた。三島屋から相応の金が渡っていたとみたのだろう。

岸崎たちは茂兵衛の持ち金を奪うことで、今後の暮らしのために働かねばならないような状況に陥れようとしたのかもしれない。国元から出府し、禄を得ずに市井で暮らすには金がいることを、岸崎たちは身に染みているにちがいない。そうした思いが、松波屋や三島屋の押し込みにもつながったのかもしれない。

茂兵衛たちが荒らされた家のなかに目をやっていると、腰高障子の向こうで、話し声や足音が聞こえてきた。

戸口にいたおはつたち女房連中の他に、何人もいるようだ。

「長屋のみんなが、心配して来てくれたんですよ」

おときが、いささか誇らしげに言った。

第六章　大川端死闘

1

腰高障子に近寄ってくる足音がし、

「伊丹の旦那、いやすか」

と、いう声が聞こえた。弥助である。

「入ってくれ」

茂兵衛が声をかけた。

庄右衛門店の茂兵衛の家だった。座敷には、茂兵衛と松之助がいた。茂兵衛は、これから松之助といっしょに空き地に行って、剣術の稽古をしようと思っていたところである。

「御免なすって」

腰高障子があいて、弥助が入ってきた。

「弥助、そこに腰を下ろしてくれ」

茂兵衛はすぐに立ち上がり、上がり框のそばに行って腰を下ろした。

茂兵衛は、昨日福多屋へ行き、弥助が顔を出したら長屋に来るよう富蔵に頼んできたのだ。

「頼みがある」

すぐに、茂兵衛は切り出した。

「なんです」

「福多屋の仕事がないときでいいんだが、大川端の通りに目を配ってくれぬか。長屋を襲った岸崎と小柴が通りかかったら、知らせてほしいのだ」

茂兵衛は、これから先も、岸崎と小柴は茂兵衛と松之助の命を狙って長屋に踏み込んでくるとみていた。岸崎か小柴かひとりなら討てるが、ふたりいっしょだと、茂兵衛と松之助のふたりでは後れをとるだろう。

「承知しやした」

弥助が低い声で言った。

「此度の件は、わしが依頼人だ」

そう言って、茂兵衛は懐から紙の包みを取り出して弥助の膝先に置き、

「五両ある。取っておいてくれ」

と、言い添えた。

「旦那、あっしらは仲間ですぜ。……こいつは、受け取れねえ」

弥助は紙包みを茂兵衛の膝先に押し返した。

茂兵衛は紙包みに目をやり、苦笑いを浮かべたが、

「後で何か、埋め合わせをしよう」

そう言って、紙包みを手に取った。

「旦那たちは、ふだんどこにいやす」

弥助が訊いた。

「ここにいるか、空き地で稽古をしているかだな。遠出のときは、弥助に知らせてから行くようにしよう」

「分かりやした」

弥助は立ち上がると、「あっしは、これで」と言い残し、すぐに戸口から出てい

った。

茂兵衛は弥助の足音が遠ざかると、

「松之助、稽古だ」

と、声をかけた。

「はい」

松之助は顔をひきしめて立ち上がった。


弥助は庄右衛門店を出ると、大川端の道を川下にむかった。

……さて、どこで見張るか。

弥助は、岸崎と小柴を見逃すわけにはいかないと思った。弥助が見逃したために、茂兵衛と松之助が殺されるようなことになれば、死んでも死にきれない。

弥助は、諏訪町に近い大川端沿いの道に目を配れば、見逃さずに済むのではないかと踏んだ。岸崎たちは奥州街道を北にむかい、諏訪町の近くで大川端の道に出て庄右衛門店にむかうはずである。

弥助は諏訪町の近くまで来たとき、大川の岸に桟橋があるのを目にした。通りから桟橋に下りる石段がある。

弥助は石段に腰を下ろし、大川端沿いの道に目を配ろうと思った。そこなら、腰を下ろしていても、通行人は一休みしていると思うだろう。

弥助は岸沿いに植えられた柳の陰になっている場所を選び、石段に腰を下ろした。

四ツ（午前十時）ごろだった。秋の陽射しが大川の川面を照らし、キラキラとかがやいていた。そのひかりのなかを客を乗せた猪牙舟、屋形船、荷を積んだ茶船などが、ゆったりと行き交っている。

弥助がその場に腰を下ろして一刻（二時間）ほど経ったが、岸崎も小柴も姿を見せなかった。

「腹が減ったな」

弥助はめしでも食ってこようと思った。

通りに出て川下の方へ目をやると、道沿いに一膳めし屋が目にとまった。店の戸口近くに腰を下ろしている客の姿があった。

あそこなら、通りが見える、と弥助は思い、一膳めし屋にむかった。そして、通りの見える戸口近くの長床几《ながしょうぎ》に腰を下ろし、酒とめしを頼んだ。喉が渇いていたので、一杯やろうと思ったのである。

弥助は一杯やりながら、通りに目をやっていた。通りかかるのは、町人が多かったが、ときおり武士の姿もあった。だが、岸崎たちは姿を見せなかった。

弥助は桟橋につづく石段にもどり、見張りをつづけた。陽が西の空にまわったころ、通りの先に、ふたり連れの武士の姿が見えた。

……岸崎たちだ！

弥助は胸の内で声を上げた。

まだ、遠方で顔ははっきりしなかったが、ふたりの姿に見覚えがあった。まちがいなく、岸崎と小柴である。

すぐに、弥助は石段から通りに出ると、足早に川上にむかった。そして、岸崎たちの姿が遠ざかると、走りだした。いっときも早く、茂兵衛に知らせねばならない。

弥助は、庄右衛門店の路地木戸に飛び込んだ。

茂兵衛の家の腰高障子をあけると、座敷に茂兵衛と松之助の姿があった。

「旦那、岸崎たちが来やす！」

弥助は、茂兵衛の顔を見るなり声を上げた。

茂兵衛は、来たか！　と声を上げ、

「いま、岸崎たちは、どの辺りにいる」

と、訊いた。

「ま、まだ、駒形町に入《へえ》って間もないはずでさァ」

弥助が声をつまらせて言った。走ってきたので、息切れがしたのである。

「弥助、すまぬがすぐに柳村を呼んできてもらえぬか」

茂兵衛は逃げずに、柳村に助太刀を頼み、岸崎と小柴を迎え撃とうと思った。岸崎と小柴を討ついい機会かもしれない。

「承知しやした」

弥助は戸口から飛び出した。

2

茂兵衛は、長屋に姿を見せた柳村に事情を話し、

「手を貸してくれ」

と、頼んだ。

「いいだろう」

柳村は、すぐに承知した。柳村は、茂兵衛と松之助が、敵として岸崎と小柴を討とうしていることを知っていた。

「大川端で迎え撃つ」

茂兵衛は、長屋でやり合うと、住人が巻き添えをくうとみたのだ。

「承知した」

柳村も、長屋より大川端がいいと思ったようだ。

茂兵衛、松之助、柳村、弥助の四人は、長屋の路地木戸から出ると、大川端の道を川下にむかった。

「来やす！」

弥助が前方を指差して声を上げた。

遠方に、ふたりの武士の姿が見えた。小袖に袴姿で、二刀を帯びている。遠方のため顔ははっきりしないが、茂兵衛はふたりの歩く姿から岸崎と小柴に間違いないとみた。

「身を隠せ」

茂兵衛が、松之助たち三人に声をかけた。岸崎たちが茂兵衛たちの人数に気付けば、闘いを避けて逃げるかもしれない。

茂兵衛たちは、大川の岸際に植えられた柳の樹陰に身を隠した。岸崎と小柴は、足早にこちらに歩いてくる。

ふたりの顔が、はっきりしてきた。やはり、岸崎と小柴である。ふたりは、茂兵衛たちに気付いていないようだ。

茂兵衛は刀を抜いた。つづいて柳村が抜き、松之助も腰に差してきた大刀を抜いた。松之助の顔がこわばり、体が顫えている。無理もない。松之助は真剣勝負はむろんのこと、真剣を手にして、相手と向き合ったこともなかったのだ。

「松之助、わしの後ろにつけ」

茂兵衛が声をかけた。

「は、はい」

松之助は答え、すぐに茂兵衛の後ろについた。後ろに身を引いたことで、いくぶん体の顫えが収まったようだ。

岸崎と小柴が茂兵衛たちから五間ほどに近付いたとき、茂兵衛が抜き身を引っ提げたまま飛び出した。

松之助が後につづき、柳村はいっとき後れて飛び出し、岸崎たちの後方にむかって走った。

岸崎と小柴は、ギョッ、としたように、その場に立ち竦んだが、

「伊丹か！」

岸崎が叫びざま抜刀した、
すぐに、岸崎の左手に立った小柴も刀を抜いた。ふたりの顔に、戸惑いの色があった。襲うのは自分たちであり、茂兵衛たちに待ち伏せされるとは、思ってもみなかったのだろう。

岸崎と小柴の前に立ったのは、茂兵衛だった。柳村は岸崎と小柴の背後にまわり込んだ。松之助は、茂兵衛の背後に立っている。

弥助は柳の樹陰に身を隠した。岸崎と小柴が逃げたら、跡を尾けて行き先をつきとめるのである。

「岸崎、なにゆえ、恭之助夫婦を斬った」

茂兵衛は、青眼に構えて切っ先を岸崎にむけたまま訊いた。まだ、茂兵衛は岸崎たちが倅夫婦を斬った理由を知らなかったのだ。

「何のことか、分からぬ」

岸崎が嘯《うそぶ》くように言った。

「ならば、何ゆえ、江戸へ逃げてきた」

「おれたちは、逃げてきたのではない。国元の暮らしに飽き飽きして、江戸へ出てきただけだ」

岸崎は青眼に構えた刀をゆっくりとした動きで上げ、八相に構えなおした。

一方、小柴は踵を返し、後方にいた柳村と向き合った。

茂兵衛は青眼、岸崎は八相に構えて対峙した。

このとき、松之助が、

「父の敵！」

と、叫んだ。顔がこわばり、手にした刀が震えている。

岸崎は無言のまま八相に構えている。

茂兵衛と岸崎との間合は、およそ三間——。まだ、一足一刀の斬撃の間境の外である。

……できる！

茂兵衛は、岸崎の八相の構えを見て察知した。

岸崎は両腕を高くとり、刀身を垂直に立てていた。隙がなく、腰の据わった大きな構えである。しかも、上から覆いかぶさってくるような威圧感があった。

だが、茂兵衛が臆《おく》することはなかった。青眼に構えた切っ先をすこし上げて、剣尖を岸崎の左拳《こぶし》につけた。八相に対応する構えである。

岸崎の顔に、驚きの色が浮いた。茂兵衛の構えを見て、剣尖がそのまま左拳に迫ってくるような威圧を感じたにちがいない。

「老いぼれ、できるな」

そう言って、岸崎は口許に薄笑いを浮かべたが、目は笑っていなかった。茂兵衛を見すえた目が、切っ先のような鋭いひかりを宿している。

ふたりは、全身に気勢を込め、斬撃の気配を見せて気魄で攻め合った。気の攻防である。

ふたりは気魄で攻め合ったまま動かず、気合も発しなかった。傍目《はため》には、ただ立っているように見えるだろう。

どれほど時が過ぎたのか。ふたりは気を集中させていたので、時間の経過の意識がなかった。

そのとき、茂兵衛の後方にいた松之助が、左手に出て一歩踏み込んだ。その動きで、茂兵衛と岸崎をつつんでいた剣の磁場が切り裂かれた。

「いくぞ！」

岸崎が先《せん》をとった。

岸崎は大きな八相に構えたまま、足裏を摺るようにして間合をつめてきた。

茂兵衛も動いた。爪先を這わせるように動かし、ジリジリと間合をつめていく。

ふたりの間合が狭まるにつれ、しだいに斬撃の気が高まってきた。

……一足一刀の斬撃の間境まであと一歩。

そう茂兵衛が読んだとき、いきなり岸崎が仕掛けた。

イヤアッ！

岸崎は裂帛の気合を発し、踏み込みざま斬り込んできた。

八相から真っ向へ――。

たたきつけるような斬撃だった。

咄嗟に、茂兵衛は刀を振り上げて岸崎の斬撃を受け流したが、腰がくずれた。岸崎の強い斬撃に押されたのである。

茂兵衛は、体勢をくずしながらも刀身を横に払った。体が勝手に反応したといっていい。

茂兵衛の切っ先が、岸崎の小袖を横に切り裂いた。

岸崎は前に泳いだが、足をとめて反転した。素早い動きである。

岸崎の小袖は裂けたが、血の色はなかった。茂兵衛が岸崎の斬撃を受け流したとき、腰がくずれたため、切っ先がとどかなかったのだ。

「やるな」

岸崎が、茂兵衛を見すえて言った。

茂兵衛はふたたび青眼に構え、剣尖を岸崎の目線につけた。岸崎は八相だが、やや刀身を寝かせ、両肘《ひじ》をすこし前に出している。八相からの斬撃を迅くするためらしい。

3

柳村は、小柴と対峙していた。

ふたりとも、青眼に構えていた。柳村は剣尖を小柴の目線につけたが、小柴の青眼の構えは低かった。剣尖を、柳村の胸のあたりにつけている。

ふたりの立ち合いの間合は、およそ三間――。まだ一足一刀の斬撃の間境の外である。

小柴の顔に驚きの色が浮いた。柳村の構えには隙がなく、剣尖の威圧で間合が遠く感じられたからである。

「おぬし、何流を遣う」

小柴が訊いた。

「人斬り流……」

柳村は表情も変えずに言った。

柳村は柳生新陰流の遣い手だが、わざとそう言ったのである。

「おれも、人斬り流だ」

小柴はそう言うと、刀身を上げて青眼から上段に構えなおした。両拳を頭上にとった大きな上段である。

小柴の高くとった刀身が、西の空にひろがった夕焼けを映じて、血に染まったように赤みを帯びてひかっている。

青眼と上段――。

ふたりは、およそ三間の間合をとったまま動かなかった。ふたりとも全身に気勢を込め、気魄で攻めている。

柳村は小柴が動かないのを見て、

「さァ、こい」

と、声をかけ、青眼に構えた刀を右手にむけ、小柴の目線につけていた剣尖をはずした。誘いである。柳村は、先に小柴に斬り込ませようとしたのだ。

この誘いに小柴が乗った。

「いくぞ」

と言いざま、小柴は足裏を擂るようにして、ジリジリと間合を狭めてきた。

対する柳村は、動かなかった。ふたりの間合が、すこしずつ狭まってきた。斬撃の間境まで、あと半間ほどに迫ったとき、柳村が動いた。

柳村は小柴の目線からはずした剣尖を、すこしずつ上げ始めたのだ。その剣尖が、小柴の目線をとらえた。

ふいに、小柴の寄り身がとまった。目線に付けられた柳村の剣尖に、そのまま目を突き刺されるような威圧を感じたのだ。

と、いきなり柳村が一歩踏み込み、
イヤアッ！

と、裂帛の気合を発した。

その気合に促されたように、小柴の全身に斬撃の気がはしった。

小柴が一歩踏み込み、気合を発しざま斬り込んだ。

上段から真っ向へ——。

刹那、柳村の体が躍った。右手に踏み込みざま、刀身を横に払った。一瞬の太刀捌きである。

小柴の切っ先が、柳村の肩先をかすめて空を切り、柳村の切っ先は、小柴の左腕をとらえた。

小柴の左袖が裂け、あらわになった二の腕から血が噴いた。小柴は前に泳ぎ、足がとまると反転した。

すかさず、柳村も反転し、切っ先を小柴にむけた。

小柴は、ふたたび上段に構えた。

ふたりの間合は、およそ二間半――。

柳村は青眼に構え、小柴は上段にとって対峙した。

小柴の左腕からは血が流れ、顔が苦痛にゆがんでいる。体に力が入っているせいか、上段に構えた刀身が、小刻みに震えていた。

「小柴、刀を下ろせ。勝負あった」

柳村が小柴を見すえて言った。

「まだだ！」

小柴は上段に構えたまま刀を下ろさなかった。

ふたりは、二間半ほどの間合をとったまま動かなかった。

小柴の左腕からの出血が赤い筋を引き、汗が頬をつたって顎のあたりから滴り落ちている。

小柴の顔がさらにゆがみ、上段に構えた刀身の揺れが激しくなってきた。

「いくぞ！」

柳村が、先に仕掛けた。

柳村は青眼に構え、剣尖を小柴の目線につけたまま足裏を摺るようにして、ジリジリと間合をつめていく。

小柴は、上段に構えたまますこしずつ後じさった。眼前に迫ってくるような柳村の剣尖の威圧に押されたのである。

ふいに、小柴の足がとまった。大川の川岸まで、半間ほどしかない。これ以上身を引くと、柳村の斬撃を受けたとき、足を踏み外す恐れがあった。

かまわず、柳村は青眼に構えたまま間合をつめていく。

柳村が、一足一刀の斬撃の間境まであと半間ほどに迫ったときだった。

タアリャッ！

突如、小柴が甲走《かんばし》った気合を発した。気合で、柳村の寄り身をとめようとしたらしい。

だが、柳村は気合に反応せず、小柴との間合をつめていく。

斬撃の間境まであと一歩――。

突如、小柴の全身に斬撃の気がはしった。

鋭い気合とともに、小柴の体が躍った。

踏み込みざま、上段から真っ向へ――。

この斬撃を読んでいた柳村は、大きく刀身を横に払った。素早い太刀捌きである。

キーン、という甲高い金属音がひびき、小柴の刀身が弾かれ、体が左手に泳いだ。

すかさず、柳村が斬り込んだ。

真っ向へ――。

小柴は体勢をくずしながらも、柳村の斬撃を受けた。

だが、腰がくだけてよろめいた。この隙を柳村がとらえ、小柴の正面にまわりながら、袈裟に払った。

ザクリ、と小柴の小袖が、肩から胸にかけて裂けた。あらわになった小柴の胸に、血の線がはしったが、出血はわずかだった。浅手らしい。

小柴は後ろへよろめき、岸際まで来ると、手にした刀をいきなり柳村にむかって投げた。そして、反転すると、大川に身を躍らせた。

大川の水面に水飛沫《みずしぶき》が上がり、小柴の体は水没して見えなくなった。

柳村は岸際に走り寄り、水面に目をやった。

なかなか、小柴は浮かんでこない。

「あそこだ!」

柳村は、思わず声を上げた。

下流の水面に、小柴の頭が浮かび、つづいて上半身が見えた。川に流されたらしい。

小柴は、体を上下させながら下流にむかっていく。速い。流れに乗り、しかも川底を蹴って川下にむかっているようだ。

柳村は後を追った。

4

このとき、茂兵衛は岸崎と対峙していた。ふたりの間合は、およそ二間。茂兵衛は青眼に構え、岸崎は八相にとっている。

岸崎の右袖が裂け、右の二の腕に血の色があった。浅手だが、茂兵衛の斬撃をあびたらしい。

岸崎は目の端で、小柴が大川に飛び込んだのを目にすると、
イヤアッ！

突如、裂帛の気合を発し、八相に構えたまま一歩踏み込んだ。

すかさず、茂兵衛は一歩身を引き、岸崎の八相からの斬撃に応じようとした。

と、岸崎は、鋭い気合とともに、手にした刀を茂兵衛に投げ付けた。

咄嗟に、茂兵衛は刀身を撥《は》ね上げて岸崎の刀を弾いた。この一瞬の隙を、岸崎がとらえ、反転して大川の岸際に走り、川面に身を躍らせた。

茂兵衛と、茂兵衛の背後にいた松之助が、岸際に走った。

水面に、岸崎の姿はなかった。飛び込んだときに上がった水飛沫も消えていた。

川面は無数の波の起伏を刻みながら川下へつづいている。

「どこだ！」

茂兵衛が叫んだ。

なかなか、岸崎は川面から姿を見せなかった。

「爺さま、あそこに！」

松之助が下流を指差して声を上げた。

見ると、かなり下流に、岸崎の姿があった。胸から上が、川面から出ている。

茂兵衛が岸際を川下にむかって走った。

だが、岸崎の姿はまた川面から消えた。水中に体を沈めたらしい。

茂兵衛と松之助は、岸際を下流にむかって走った。岸際に、柳村が立っていた。

川面に目をやっている。

「柳村、どうした」

茂兵衛が訊いた。

「川に飛び込んだ小柴の姿が、見えないのだ」

柳村は、川面に目をやりながら言った。

「その、船宿の先まで行ったのではないか」

茂兵衛が、下流を指差した。

半町ほど下流の岸際に船宿があった。その船宿が邪魔になって、下流の川面が見えなくなっている。

「しかし、あそこまで流される前に、姿は見えたはずだぞ」

柳村が言った。

「頭だけ波間から出して、息をしたのかもしれん」

茂兵衛は、息をつくだけの間なら、波の起伏で岸からは見えないかもしれない、と思った。

「爺さま、岸崎も見えません」

松之助が、声高に言った。

茂兵衛たちが追っていた岸崎の姿も見えなかった。

「弥助は、どうした」

茂兵衛は、弥助が身を隠していた柳に目をやったが、弥助の姿はなかった。

「ともかく、船宿の先まで行ってみよう」

茂兵衛たち三人は、足早に下流にむかった。

船宿の前を通って下流の岸際に出ると、すぐ前に桟橋が見えた。二艘の猪牙舟が舫《もや》ってあり、ふたりの船頭の姿が見えた。

ふたりの船頭は猪牙舟の船底に茣蓙《ござ》を敷いたり、座布団を並べたりしていた。どうやら、吉原へ客を迎えに行く準備をしているようだ。この辺りの船宿は、吉原への客の送迎もやっていたのだ。

「船頭に訊いてみよう」

茂兵衛たちは桟橋につづく石段を下り、舫ってある猪牙舟に近付いた。

「船頭、ちと、訊きたいことがある」

茂兵衛が声高に言った。大きな声を出さないと、大川の流れの音で声が掻き消されてしまうのだ。

船底に四つん這いになって茣蓙を敷いていた船頭が、顔を上げ、

「あっしですかい」

と、大声で言った。

「そうだ。いま、大川をだれか流されてこなかったか」

茂兵衛が訊いた。

「川流れですかい」

船頭が身を起こし、茂兵衛に顔をむけた。

「い、いや、武士がふたり、川に飛び込んでな。この辺りまで、来たはずなんだ」

茂兵衛が言った。

「お侍がふたりも、川に飛び込んだんで」

船頭が腑に落ちないような顔をして訊いた。

「そうだ」

「見なかったな」

船頭は首をひねった後、桟橋の先の方に舫ってあった猪牙舟にいた別の船頭に、

「茂作《もさく》、川を下ってきたお侍を見たかい」

と、大声で訊いた。

「お侍が、川を下ってきただと」

茂作と呼ばれた船頭は、そう言った後、

「舟で下ってきたのかい」

と、流れの音に負けないような大きな声で訊いた。

「それが、川のなかを下ってきたそうだ」

「何だと、お侍が川のなかを下ってきただと」

茂作が驚いたような顔をした。

「そうだ」

「見ねえ。……見れば、おめえに知らせてるよ」

茂作が言うと、茂兵衛の近くにいた船頭が、

「お侍さま、聞かれたとおりで」

と、首をすくめて言った。

「手間をとらせたな」

茂兵衛たちは桟橋から、川沿いの道にもどった。

茂兵衛たちが川沿いの道を下流にむかって歩きだしたとき、

「弥助だ」

茂兵衛が道の先を指差して言った。

弥助が足早に川上にむかって歩いてくる。そして、前から来る茂兵衛たちの姿を目にしたらしく、走りだした。

茂兵衛たちも弥助にむかって走り、顔を合わせると、

「弥助、どうした」

すぐに、茂兵衛が訊いた。

「に、逃げられやした、岸崎たちに」

弥助が肩で息しながら話したことによると、弥助は小柴と岸崎が大川に飛び込んだのを目にすると、ふたりを追って走ったという。

弥助は船宿の前を通り、さらに下流にむかって流れていく岸崎たちの姿を追った。そして、桟橋からさらに下流に行ったとき、ちょうど上流から下ってきた空の猪牙舟に、岸崎が水面から声をかけたそうだ。

「ふたりが舟の船頭に何か話すと、船頭は舟にふたりを引っ張り上げたんでさァ」

弥助が早口にしゃべった。

「それで、どうした」

茂兵衛が話の先をうながした。

「岸崎たちを乗せた舟は、両国橋の下をくぐって、さらに先まで行ったようで」

弥助によると、舟は両国橋の近くまで行って見えなくなったという。

「逃げられたな」

茂兵衛は、ひどく残念そうな顔をして足をとめた。

この日、茂兵衛たちは、それぞれの家にもどった。そして、翌朝、茂兵衛たちは、神田鍛冶町にむかった。岸崎たちが隠れ家に帰っているか、確かめに行ったのである。

だが、鍛冶町の隠れ家に岸崎たちの姿はなかった。念のため、近所で聞き込んでみたが、岸崎たちの姿を見かけた者はいなかった。

「ここには、もどらなかったようだ」

茂兵衛が肩を落として言った。

5

五ツ半（午前九時）ごろであろうか。庄右衛門店はひっそりとしていた。いまごろは、一日のなかでも長屋の静かなときなのだ。男たちは仕事に出かけ、女房たちは朝めしの片付けを終えて、それぞれの家で一休みしているときである。

茂兵衛と松之助は、遅い朝めしを食べ終えた後、座敷でくつろいでいた。そのとき、戸口に近付いてくる何人かの足音がした。

「爺さま、だれか来ました」

松之助が、腰高障子に目をやって言った。

「三、四人いる」

茂兵衛は、傍らに置いてあった大刀を引き寄せた。聞き覚えのある長屋の住人の足音ではなかったのだ。

足音は、腰高障子の向こうでとまった。

「伊丹どの、おられるか」

聞き覚えのある滝沢の声だった。

「いるぞ」

茂兵衛は、大刀から手を放した。

腰高障子があいて、姿を見せたのは、滝沢、青葉、川澄の三人だった。

「伊丹どのに話があってまいりました」

川澄が言った。

「ともかく、上がってくれ。……茶も出せぬが」

茂兵衛が申し訳なさそうな顔をした。

「上がらせてもらいます」

川澄が言い、三人は座敷に上がった。

茂兵衛は川澄たちが座敷に腰を下ろすのを待ち、

「岸崎たちの居所は知れたか」

と、すぐに訊いた。

茂兵衛たちが、大川端で岸崎たちを待ち伏せして追い詰めたが、大川に飛び込まれて取り逃がしてから半月ほど経っていた。この間、茂兵衛は川澄や滝沢と会い、岸崎たちの行方が分かったら知らせくれ、と頼んであったのだ。

「それが、まったく分からないのです」

滝沢が眉を寄せて言った。

滝沢たちは、江戸詰めの目付たちの手も借りて、ふたりの居所を探ったが、手掛かりもないという。

「江戸を出たかな」

茂兵衛が言った。

「そうかもしれません」

「江戸を出たとすれば、行き先はどこであろう」

茂兵衛は、見当がつかなかった。

「ふたりが、江戸を出たとすれば、亀沢藩の領内に帰ったとみますが」

滝沢が言った。

「国元か」

茂兵衛は、岸崎たちを討たずに国元へ帰るのは気が引けた。

「いずれにしろ、岸崎たちが国元に帰っていれば、すぐに伊丹どのに知らせます」

滝沢が言うと、そばに座していた青葉がうなずいた。

「ふたりは、国元に帰るのか」

茂兵衛が訊いた。

「実は、われらふたり、杉本と倉森を討ち、上意を果たすことができましたので、近い内に国元に帰ることになりました。それで、今日は伊丹どのにお礼を申すべく立ち寄ったのです」

「礼などいい。いずれにしろ、大任を果たせてよかった」

茂兵衛はそう言った後、

「ところで、国元の先手組物頭の坂東康之助はどうなった」

と、気になっていたことを訊いた。

坂東は、雲仙流の同門だった杉本と倉森を使って同じ先手組の物頭である松岡裕一郎を殺させたことが、峰岸の証言ではっきりしたのだ。

「すでに、坂東が、己の出世のために同門だった杉本と倉森に指示し、物頭の松岡さまを斬ったことは、国元に知らせてあります」

滝沢によると、出奔した杉本と倉森を上意により江戸で討ち取ったことも、江戸家老を通して知らせてあるという。

滝沢は、坂東を呼び捨てにした。坂東の罪がはっきりしたからだろう。

「年寄の鳴海さまは、坂東は、よくて切腹だろう、と話しておられましたが……」

滝沢は語尾を濁した。まだ、はっきりしたことは分からないのだろう。

「そうだろうな」

茂兵衛も、坂東の罪は重く、切腹は免れないだろうと思った。

それから、いっとき国元のことなどを話した後、

「それで、ふたりはいつ江戸を発たれるな」

と、茂兵衛が訊いた。

「明後日です」

滝沢が答えた後、

「伊丹どのと松之助どのが、敵を討たれることを祈っております」

そう言うと、青葉と川澄がうなずいた。


滝沢と青葉が江戸を発った翌日。

「松之助、剣術の稽古をするぞ」

と、茂兵衛が松之助に声をかけた。

「はい」

と答え、松之助は立ち上がったが、その動きに覇気がなかった。松之助の心の内にも、敵の岸崎と小柴は江戸にいないので敵討ちもいつになるか分からない、という思いがあるのだろう。

「今日は真剣を遣って、斬り込んでみようか」

茂兵衛は、真剣の素振りだけでなく、敵である岸崎たちを想定し、松之助に斬り込ませてみようと思った。

ふたりは刀を手にし、いつも稽古している空き地に足を運んだ。

茂兵衛は、松之助の体に汗が浮くまで真剣を遣って素振りをさせた後、敵の岸崎と小柴を想定して斬り込ませた。

斬り込みといっても、敵の面や胴を狙い、踏み込んで真剣を振るだけである。

……どうも、元気がない。

と、茂兵衛は思った。

だが、茂兵衛は何も言わなかった。松之助だけでなく、自分にも覇気がないのではないかと思ったからだ。

それからいっときしたとき、茂兵衛は空き地に近寄ってくる足音を聞いて振り返った。

川澄だった。足早にこちらに歩いてくる。

「松之助、刀を下ろせ」

茂兵衛は声をかけてから、己の刀を鞘に納めた。

「川澄どの、どうなされた」

すぐに、茂兵衛が訊いた。

「岸崎たちを見かけた者がいるのです」

川澄が声高に言った。

「どこで、見かけた」

茂兵衛が訊いた。

松之助が、茂兵衛のそばに来て川澄に目をやっている。

「昨日、京橋の近くで」

川澄によると、江戸詰めの藩士がふたり、京橋の近くを通りかかったおり、岸崎と小柴のふたりを見かけたという。

「ふたりは、一年ほど前に江戸詰めになった者で、岸崎と小柴の顔を見知っていたようです」

「岸崎たちは、どこにむかったか分かるのか」

「京橋から、日本橋の方へむかっていたようです」

そのとき、京橋のたもと近くは賑わっていて、岸崎たちの姿は、人込みに紛れてすぐに見えなくなったという。

「いずれにしろ、岸崎と小柴は江戸にいるのだな」

茂兵衛が強いひびきのある声で言った。

「いるはずです」

「そうか」

茂兵衛は脇に立っている松之助に、「稽古をつづける」と小声で言った。

「はい！」

松之助は声高に答え、すぐに空き地のなかほどに真剣を手にして立った。

川澄は、空き地の隅に立って茂兵衛と松之助を見つめている。

松之助は唇を強く結び、虚空を睨むように見すえた。松之助は、脳裏に描いた岸崎と小柴を見すえているにちがいない。

「わしも、真剣で斬り込む」

茂兵衛が、強いひびきのある声で言った。

この作品は書き下ろしです。

孫《まご》連《づ》れ侍《ざむらい》裏《うら》稼業《かぎょう》

上意《じょうい》

鳥《と》羽《ば》亮《りょう》

平成29年12月10日　初版発行

発行人―――石原正康
編集人―――袖山満一子
発行所―――株式会社幻冬舎
〒151-0051東京都渋谷区千駄ヶ谷4-9-7
電話　03(5411)6222(営業)
　　　03(5411)6211(編集)
　　　振替00120-8-767643
印刷・製本―図書印刷株式会社
装丁者―――高橋雅之

幻冬舎時代小説文庫

ISBN978-4-344-42686-3　C0193　と-2-38

幻冬舎ホームページアドレス　http://www.gentosha.co.jp/
この本に関するご意見・ご感想をメールでお寄せいただく場合は、
comment@gentosha.co.jpまで。